西游記

〔明〕吴承恩·著

读·香山書院

·插图版·

第一册

吉林出版集团有限责任公司

图书在版编目（CIP）数据

西游记：全6册 /（明）吴承恩著；北京三读典藏编. -- 长春：吉林出版集团有限责任公司，2012.5
ISBN 978-7-5463-9054-3

Ⅰ. ①西… Ⅱ. ①吴… ②北… Ⅲ. ①章回小说—中国—明代 Ⅳ. ①I242.4

中国版本图书馆CIP数据核字（2012）第069163号

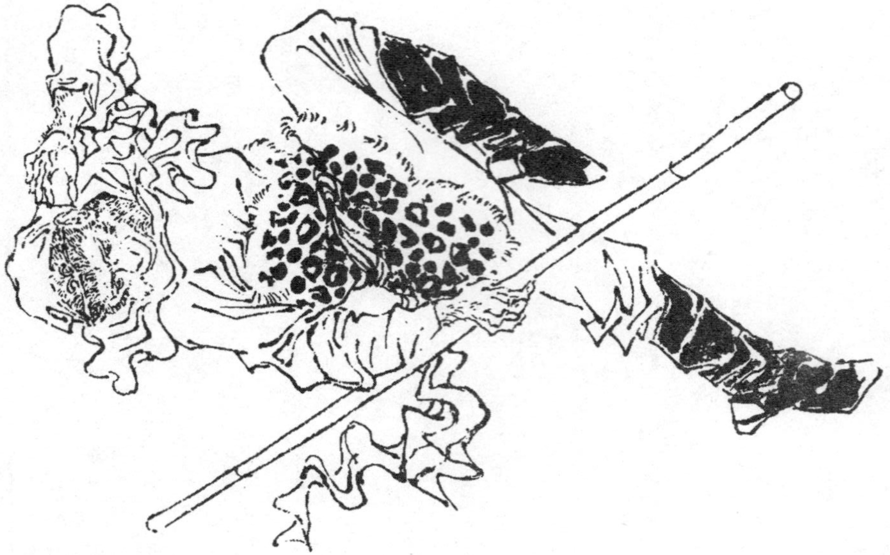

西游记（插图版）

出 版 人：孙建军
主 编：北京三读典藏图书发行有限公司
责任编辑：王亦农 张宏伟
整体策划：三读·香山书院
出 版：吉林出版集团有限责任公司
发 行：吉林北方卡通漫画有限责任公司
地 址：吉林省长春市人民大街4646号（邮编：130021）
印 刷：北京德富泰印务有限公司
开 本：889mm × 1194mm 1/16
字 数：1500千字
印 张：75.5
版 次：2012年5月第1版
印 次：2012年5月第1次印刷
书 号：ISBN 978-7-5463-9054-3
定 价：499.00元（全六册）

目录

灵根育孕源流出

盖自开辟以来，每受天真地秀，日精月华，感之既久，遂有灵通之意。内育仙胞，一日迸裂，产一石卵，似圆球样大。因见风化作一个石猴。五官俱备，四肢皆全。

第一回 灵根育孕源流出 心性修持大道生

诗曰：

混沌未分天地乱，茫茫渺渺无人见。
自从盘古破鸿蒙，开辟从兹清浊辨。
覆载群生仰至仁，发明万物皆成善。
欲知造化会元功，须看《西游释厄传》。

盖闻天地之数，有十二万九千六百岁为一元。将一元分为十二会，乃子、丑、寅、卯、辰、巳、午、未、申、酉、戌、亥之十二支也。每会该一万八百岁。且就一日而论：子时得阳气而丑则鸡鸣；寅不通光而卯则日出，辰时食后而巳则挨排，日午天中而未则西蹉，申时晡而日落酉，戌黄昏而人定亥。譬于大数，若到戌会之终，则天地昏曚而万物否矣。再去五千四百岁，交亥会之初，则当黑暗，而两间人物俱无矣，故曰混沌。又五千四百岁，亥会将终，贞下起元，近子之会，而复逐渐开明。邵康节曰：『冬至子之半，天心无改移。一阳初动处，万物未生时。』到此，天始有根；再五千四百岁，正当子会，轻清上腾，有日，有月，有星，有辰。日、月、星、辰，谓之四象，故曰『天开于子』。又经五千四百岁，子会将终，近丑之会，而逐渐坚实。《易》曰：大哉乾元，至哉坤元！万物资生，乃顺承天。至此，地始凝结。再五千四百岁，正当丑会，重浊下凝，有水，有火，有山，有石，有土。水、火、山、石、土，谓之五形，故曰『地辟于丑』。又经五千四百岁，丑会终而寅会之初，发生万物，历曰『天气下降，地气上升；天地交合，群物皆生。』至此，天清地爽，阴阳交合。再五千四百岁，正当寅会，生人，生兽，生禽，正谓天地人，三才定位。故曰『人生于寅』。

感盘古开辟，三皇治世，五帝定伦，世界之间，遂分为四大部洲：曰东胜神洲、曰西牛贺洲、曰南赡部洲、曰北俱芦洲。这部书单表东胜神洲。海外有一国土，名曰傲来国。国近大海，海中有一座名山，唤为花果山。此山乃十洲之祖脉，三岛之来龙，自开清浊而立，鸿蒙判后而成。真个好山！有词赋为证。赋曰：

势镇汪洋，威宁瑶海：势镇汪洋，潮涌银山鱼入穴；威宁瑶海，波翻雪浪蜃离渊。水火方隅高积土，东海之处耸崇巅。丹崖怪石，削壁奇峰。丹崖上，彩凤双鸣；削壁前，麒麟独卧。峰头时听锦鸡鸣，石窟每观龙出入。林中有寿鹿仙狐，树上有灵禽玄鹤。瑶草奇花不谢，青松翠柏长春。仙桃常结果，修竹每留云。一条涧壑藤萝密，四面原堤草色新。正是百川会处擎天柱，万劫无移大地根。

那座山正当顶上，有一块仙石。其石有三丈六尺五寸高，有二丈四尺围圆。三丈六尺五寸高，按周天三百六十五度；二丈四尺围圆，按政历二十四气。上有九窍八孔，按九宫八卦。四面更无树木遮阴，左右倒有芝兰相衬。盖自开辟以来，每受天真地秀，日精月华，感之既久，遂有灵通之意。内育仙胞，一日迸裂，产一石卵，似圆球样大。因见风化作一个石猴。五官俱备，四肢皆全。便就学爬学走，拜了四方。目运两道金光，射冲斗府。惊动高天上圣大慈仁者玉皇大天尊玄穹高上帝，驾座金阙云宫灵霄宝殿，聚集仙卿，见有金光焰焰，即命千里眼、顺风耳开南天门观看。二将果奉旨出门外，看的真，听的明。须臾回报道：『臣奉旨观听金光之处，乃东胜神洲海东傲来小国之界，有一座花果山，山上有一仙石，石产一卵，见风化一石猴，在那里拜四方，眼运金光，射冲斗府。如今服饵水食，金光将潜息矣。』玉帝垂赐恩慈曰：『下方之物，乃天地精华所生，不足为异。』

那猴在山中，却会行走跳跃，食草木，饮涧泉，采山花，觅树果；与狼虫为伴，虎豹为群，獐鹿为友，猕猿为亲；夜宿石崖之下，朝游峰洞之中。真是『山中无甲子，寒尽不知年』。

一朝天气炎热，与群猴避暑，都在松阴之下顽要。你看他一个个：

跳树攀枝，采花觅果；抛弹子，邷么儿；跑沙窝，砌宝塔；赶蜻蜓，扑虮蜡；参老天，拜菩萨；扯葛藤，编草帓；捉虱子，咬又掐；理毛衣，剔指甲；挨的挨，擦的擦；推的推，压的压；扯的扯，拉的拉。青松林下任他顽，绿水涧边随洗濯。

一群猴子耍了一会，却去那山涧中洗澡。见那股涧水奔流，真个似滚瓜涌溅。古云：『禽有禽言，兽有兽语。』众猴都道：『这股水不知是那里的水。我们今日赶闲无事，顺涧边往上溜头寻看源流，耍子去耶！』喊一声，都拖男挈女，唤弟呼兄，一齐跑来，顺涧爬山，直至源流之处，乃是一股瀑布飞泉。但见那：

一派白虹起，千寻雪浪飞。

海风吹不断，江月照还依。
冷气分青嶂，余流润翠微。
潺湲名瀑布，真似挂帘帷。

众猴拍手称扬道：『好水，好水！原来此处远通山脚之下，直接大海之波。』又道：『那一个有本事的，钻进去寻个源头出来，不伤身体者，我等即拜他为王。』连呼了三声，忽见丛杂中跳出一个石猴，应声高叫道：『我进去，我进去！』好猴！也是他：

今日芳名显，时来大运通。
有缘居此地，天遣入仙宫。

你看他瞑目蹲身，将身一纵，径跳入瀑布泉中，忽睁睛抬头观看，那里边却无水无波，明明朗朗的一架桥梁。他住了身，定了神，仔细再看，原来是座铁板桥。桥下之水，冲贯于石窍之间，倒挂流出去，遮闭了桥门。却又欠身上桥头，再走再看，却似有人家住处一般，真个好所在。但见那：

翠藓堆蓝，白云浮玉，光摇片片烟霞。虚窗静室，滑凳板生花。乳窟龙珠倚挂，萦回满地奇葩。锅灶傍崖存火迹，樽罍靠案见肴渣。石座石床真可爱，石盆石碗更堪夸。又见那一竿两竿修竹，三点五点梅花。几树青松常带雨，浑然像个人家。

看罢多时，跳过桥中间，左右观看，只见正当中有一石碣。碣上有一行楷书大字，镌着『花果山福地，水帘洞洞天』。石猿喜不自胜，急抽身往外便走，复瞑目蹲身，跳出水外，打了两个呵呵道：『大造化，大造化！』众猴把他围住，问道：『里面怎么样？水有多深？』石猴道：『没水，没水！原来是一座铁板桥。桥那边是一座天造地设的家当。』众猴道：『怎见得是个家当？』石猴笑道：『这股水乃是桥下冲贯石窍，倒挂下来遮闭门户的。桥边有花有树，乃是一座石房。房内有石锅、石灶、石碗、石盆、石床、石凳。中间一块石碣上，镌着「花果山福地，水帘洞洞天」。真个是我们安身之处。里面且是宽阔，容得千百口老小。我们都进去住，也省得受老天之气。这里边：

刮风有处躲，下雨好存身。
霜雪全无惧，雷声永不闻。
烟霞常照耀，祥瑞每蒸熏。
松竹年年秀，奇花日日新。』

众猴听得，个个欢喜。都道：『你还先走，带我们进去，进去！』石猴却又瞑目蹲身，往里一跳，叫道：『都随我进来！进来！』那些猴有胆大的，都跳进去了；胆小的，一个个伸头缩颈，抓耳挠腮，大声叫喊，缠一会，也都进去了。跳过桥头，一个个抢盆夺碗，占灶争床，搬过来，移过去，正是猴性顽劣，再无一个宁时，只搬得力倦神疲方止。

石猿端坐上面道：『列位呵，「人而无信，不知其可」。你们才说有本事进得来，出得去，不伤身体者，就拜他为王。我如今进来又出去，出去又进来，寻了这一个洞天与列位安眠稳睡，各享成家之福，何不拜我为王？』众猴听说，即拱伏无违。一个个序齿排班，朝上礼拜，都称『千岁大王』。自此，石猿高登王位，将『石』字儿隐了，遂称美猴王。有诗为证，诗曰：

三阳交泰产群生，仙石胞含日月精。
借卵化猴完大道，假他名姓配丹成。

灵根育孕源流出 心性修持大道生

那猴在山中，却会行走跳跃，食草木，饮涧泉，采山花，觅树果；与狼虫为伴，虎豹为群，獐鹿为友，猕猿为亲；夜宿石崖之下，朝游峰洞之中。真是『山中无甲子，寒尽不知年』。

内观不识因无相，外合明知作有形。
历代人人皆属此，称王称圣任纵横。

美猴王领一群猿猴、猕猴、马猴等，分派了君臣佐使，朝游花果山，暮宿水帘洞，合契同情，不入飞鸟之丛，不从走兽之类，独自为王，不胜欢乐。是以：

春采百花为饮食，夏寻诸果作生涯。
秋收芋栗延时节，冬觅黄精度岁华。

美猴王享乐天真，何期有三五百载。一日，与群猴喜宴之间，忽然忧恼，堕下泪来。众猴慌忙罗拜道：『大王何为烦恼？』猴王道：『我虽在欢喜之时，却有一点儿远虑，故此烦恼。』众猴又笑道：『大王好不知足！我等日日欢会，在仙山福地，古洞神洲，不伏麒麟辖，不伏凤凰管，又不伏人间王位所拘束，自由自在，乃无量之福，为何远虑而忧也？』猴王道：『今日虽不归人王法律，不惧禽兽威严，将来年老血衰，暗中有阎王老子管着，一旦身亡，可不枉生世界之中，不得久注天人之内？』众猴闻此言，一个个掩面悲啼，俱以无常为虑。只见那班部中，忽跳出一个通背猿猴，厉声高叫道：『大王若是这般远虑，真所谓道心开发也！如今五虫之内，惟有三等名色，不伏阎王老子所管。』猴王道：『你知那三等人？』猿猴道：『乃是佛与仙与神圣三者，躲过轮回，不生不灭，与天地山川齐寿。』猴王道：『此三者居于何所？』猿猴道：『他只在阎浮世界之中，古洞仙山之内。』猴王闻之，满心欢喜，道：『我明日就辞汝等下山，云游海角，远涉天涯，务必访此三者，学一个不老长生，常躲过阎君之难。』噫！这句话，顿教跳出轮回网，致使齐天大圣成。众猴鼓掌称扬，都道：『善哉！善哉！我等明日越岭登山，广寻些果品，大设筵宴送大王也。』

次日，众猴果去采仙桃，摘异果，刨山药，劚黄精，芝兰香蕙，瑶草奇花，般般件件，整整齐齐，摆开石凳石桌，排列仙酒仙肴。但见那：

金丸珠弹，红绽黄肥：金丸珠弹腊樱桃，色真甘美；红绽黄肥熟梅子，味果香酸。鲜龙眼，肉甜皮薄；火荔枝，核小囊红。林檎碧实连枝献，枇杷缃苞带叶擎。兔头梨子鸡心枣，消渴除烦更解酲。香桃烂杏，美甘甘似玉液琼浆；脆李杨梅，酸荫荫如脂酥膏酪。红瓤黑子熟西瓜，四瓣黄皮大柿子。石榴裂破，丹砂粒现火晶珠；芋栗剖开，坚硬肉团金玛瑙。胡桃银杏可传茶，椰子葡萄能做酒。榛松榧柰满盘盛，橘蔗柑橙盈案摆。熟煨山药，烂煮黄精。捣碎茯苓并薏苡，石锅微火漫炊羹。人间纵有珍馐味，怎比山猴乐更宁？

群猴尊美猴王上坐，各依齿肩排于下边，一个个轮流上前奉酒、奉花、奉果，痛饮了一日。

次日，美猴王早起，教：『小的们，替我折些枯松，编作筏子，取个竹竿作篙，收拾些果品之类，我将去也。』果独自登筏，尽力撑开，飘飘荡荡，径向大海波中，趁天风，来渡南赡部洲地界。这一去，正是那：

天产仙猴道行隆，离山驾筏趁天风。
飘洋过海寻仙道，立志潜心建大功。
有分有缘休俗愿，无忧无虑会元龙。
料应必遇知音者，说破源流万法通。

也是他运至时来，自登木筏之后，连日东南风紧，将他送到西北岸前，乃是南赡部洲地界。持篙试水，偶得浅水，弃了筏子，跳上岸来，只见海边有人捕鱼、打雁、挖蛤、淘盐。他走近前，弄个把戏，妆个㚻虎，吓得那些人丢筐弃网，四散奔跑。将那跑不动的拿住一个，剥了他的衣裳，也学人穿在身上，摇摇摆摆，穿州过府，在市廛中，学人礼，学人话。朝餐夜宿，一心里访问佛仙神圣之道，觅个长生不老之方。见世人都是为名为利之徒，更无一个为身命者。正是那：

争名夺利几时休？早起迟眠不自由。
骑着驴骡思骏马，官居宰相望王侯。
只愁衣食耽劳碌，何怕阎君就取勾？
继子荫孙图富贵，更无一个肯回头！

猴王参访仙道，无缘得遇。在于南赡部洲，串长城，游小县，不觉八九年余。忽行至西洋大海，他想着海外必有神仙。独自个依前作筏，又飘过西海，直至西牛贺洲地界。登岸遍访多时，忽见一座高山秀丽，林麓幽深。他也不怕狼虫，不惧虎豹，登山顶上观看。果是好山：

千峰排戟，万仞开屏。日映岚光轻锁翠，雨收黛色冷含青。瘦藤缠老树，古渡界幽程。奇花瑞草，修竹乔松：修竹乔松，万载常青欺福地；奇花瑞草，四时不谢赛蓬瀛。幽鸟啼声近，源泉响溜清。重重谷壑芝兰绕，处处崖苔藓生。起伏峦头龙脉好，必有高人隐姓名。

正观看间，忽闻得林深之处，有人言语，急忙趋步，穿入林中，侧耳而听，原来是歌唱之声。歌曰：

观棋柯烂，伐木丁丁，云边谷口徐行。卖薪沽酒，狂笑自陶情。苍径秋高，对月枕松根，一觉天明。认旧林，登崖过岭，持斧断枯藤。

收来成一担，行歌市上，易米三升。更无些子争竞，时价平平。不会机谋巧算，没荣辱，恬淡延生。相逢处，非仙即道，静坐讲《黄庭》。

美猴王听得此言，满心欢喜道：『神仙原来藏在这里！』即忙跳入里面，仔细再看，乃是一个樵子，在那里举斧砍柴。但看他打扮非常：

头上戴箬笠，乃是新笋初脱之箨；身上穿布衣，乃是木绵拈就之纱；腰间系环绦，乃是老蚕口吐之丝；足下踏草履，乃是枯莎槎就之爽。手执钢斧，担挽火麻绳；扳松劈枯树，争似此樵能！

猴王近前叫道：『老神仙！弟子起手。』那樵汉慌忙丢了斧，转身答礼道：『不当人，不当人！我拙汉衣食不全，怎敢当「神仙」二字？』猴王道：『你不是神仙，如何说出神仙的话来？』樵夫道：『我说甚么神仙话？』猴王道：『我才来至林边，只听得你说：「相逢处非仙即道，静坐讲《黄庭》。」《黄庭》乃道德真言，非神仙而何？』樵夫笑道：『实不瞒你说，这个词名做《满庭芳》，乃一神仙教我的。那神仙与我舍下相邻，他见我家事劳苦，日常烦恼，教我遇烦恼时，即把这词儿念念，一则散心，二则解困。我才有些不足处思虑，故此念念。不期被你听了。』猴王道：『你家既与神仙相邻，何不从他修行，学得个不老之方，却不是好？』樵夫道：『我一生命苦：自幼蒙父母养育至八九岁，才知人事，不幸父丧，母亲居孀。再无兄弟姊妹，只我一人，没奈何，早晚侍奉。如今母老，一发不敢抛离。却又田园荒芜，衣食不足，只得斫两束柴薪，挑向市廛之间，货几文钱，籴几升米，自炊自造，安排些茶饭，供养老母，所以不能修行。』猴王道：『据你说起来，乃是一个行孝的君子，向后必有好处。但望你指与我那神仙住处，却好拜访去也。』樵夫道：『不远，不远。此山叫做灵台方寸山，山中有座斜月三星洞。那洞中有一个神仙，称名须菩提祖师。那祖师出去的徒弟，也不计其数，见今还有三四十人从他修行。你顺那条小路儿，向南行七八里远近，即是他家了。』猴王用手扯住樵夫道：『老兄，你便同我去去。若还得了好处，决不忘你指引之恩。』樵夫道：『你这汉子，甚不通变。我方才这般与你说了，你还不省？假若我与你去了，却不误了我的生意，老母何人奉养？我要斫柴，你自去，自去！』

猴王听说，只得相辞。出深林，找上路径，过一山坡，约有七八里远，果然望见一座洞府。挺身观看，真好去处，但见：

烟霞散彩，日月摇光。千株老柏，万节修篁：千株老柏带雨，半空青冉冉；万节修篁含烟，一壑色苍苍。门外奇花布锦，桥边瑶草喷香。石崖突兀青苔润，悬壁高张翠藓长。时闻仙鹤唳，每见凤凰翔。仙鹤唳时，声振九皋霄汉远；凤凰翔起，翎毛五色彩云光。玄猿白鹿随隐见，金狮玉象任行藏。细观灵福地，真个赛天堂！

又见那洞门紧闭，静悄悄杳无人迹。忽回头，见崖头立一石碑，约有三丈余高，八尺余阔，上有一行十个大字，乃是『灵台方寸山，斜月三星洞』。美猴王十分欢喜道：『此间人果是朴实，果有此山此洞。』看勾多时，不敢敲门。且去跳上松枝梢头，摘松子吃了顽耍。少顷间，只听得呀的一声，洞门开处，里面走出一个仙童，真个丰姿英伟，相貌清奇，比寻常俗子不同。但见他：

髽髻双丝绾，宽袍两袖风。
貌和身自别，心与相俱空。
物外长年客，山中永寿童。
一尘全不染，甲子任翻腾。

那童子出得门来，高叫道：『甚么人在此搔扰？』猴王扑的跳下树来，上前躬身道：『仙童，我是个访道学仙之弟子，更不敢在此搔扰。』仙童笑道：『你是个访道的么？』猴王道：『是。』童子道：『我家师父，正才下榻，登

心性修持大道生

这猴王整衣端肃，随童子径入洞天深处观看：一层层深阁琼楼，一进进珠宫贝阙，说不尽那静室幽居，直至瑶台之下。见那菩提祖师端坐在台上，两边有三十个小仙侍立台下。

坛讲道，还未说出原由，就教我出来开门。说：「外面有个修行的来了，可去接待接待。」想必就是你了？』猴王笑道：『是我，是我。』童子道：『你跟我进来。』

这猴王整衣端肃，随童子径入洞天深处观看：一层层深阁琼楼，一进进珠宫贝阙，说不尽那静室幽居。直至瑶台之下，见那菩提祖师端坐在台上，两边有三十个小仙侍立台下。果然是：

大觉金仙没垢姿，西方妙相祖菩提。
不生不灭三三行，全气全神万万慈。
空寂自然随变化，真如本性任为之。
与天同寿庄严体，历劫明心大法师。

美猴王一见，倒身下拜，磕头不计其数，口中只道：『师父，师父！我弟子志心朝礼，志心朝礼！』祖师道：『你是那方人氏？且说个乡贯姓名明白，再拜。』猴王道：『弟子乃东胜神洲傲来国花果山水帘洞人氏。』祖师喝令：『赶出去！他本是个撒诈捣虚之徒，那里修甚么道果！』猴王慌忙磕头不住道：『弟子是老实之言，决无虚诈。』祖师道：『你既老实，怎么说东胜神洲？那去处到我这里，隔两重大海，一座南赡部洲，如何就得到此？』猴王叩头道：『弟子飘洋过海，登界游方，有十数个年头，方才访到此处。』祖师道：『既是逐渐行来的也罢。你姓甚么？』猴王又道：『我无性。人若骂我，我也不恼；若打我，我也不嗔，只是陪个礼儿就罢了。一生无性。』祖师道：『不是这个性。你父母原来姓甚么？』猴王道：『我也无父母。』祖师道：『既无父母，想是树上生的？』猴王道：『我虽不是树上生，却是石里长的。我只记得花果山上有一块仙石，其年石破，我便生也。』祖师闻言暗喜，道：『这等说，却是个天地生成的。你起来走走我看。』猴王纵身跳起，拐呀拐的走了两遍。祖师笑道：『你身躯虽是鄙陋，却像个食松果的猢狲。我与你就身上取个姓氏，意思教你姓「猢」。猢字去了个兽傍，乃是个古月。古者，老也；月者，阴也。老阴不能化育，教你姓「猻」倒好。猻字去了兽傍，乃是个子系。子者，儿男也；系者，婴细也。正合婴儿之本论。教你姓「孫」罢。』猴王听说，满心欢喜，朝上叩头道：『好，好，好！今日方知姓也。万望师父慈悲！既然有姓，再乞赐个名字，却好呼唤。』祖师道：『我门中有十二个字，分派起名，到你乃第十辈之小徒矣。』猴王道：『那十二个字？』祖师道：『乃「广大智慧，真如性海，颖悟圆觉」十二字。排到你，正当「悟」字。与你起个法名叫做「孙悟空」，好么？』猴王笑道：『好，好，好！自今就叫做孙悟空也！』正是：

鸿蒙初辟原无姓，打破顽空须悟空。

毕竟不知向后修些甚么道果，且听下回分解。

悟彻菩提真妙理

话表美猴王得了姓名，怡然踊跃，对菩提前作礼启谢。那祖师即命大众引孙悟空出二门外，教他洒扫应对，进退周旋之节。

第二回　悟彻菩提真妙理　断魔归本合元神

话表美猴王得了姓名，怡然踊跃，对菩提前作礼启谢。那祖师即命大众引孙悟空出二门外，教他洒扫应对，进退周旋之节。众仙奉行而出。悟空到门外，又拜了大众师兄，就于廊庑之间，安排寝处。次早，与众师兄学言语礼貌，讲经论道，习字焚香，每日如此。闲时即扫地锄园，养花修树，寻柴燃火，挑水运浆。凡所用之物，无一不备。在洞中不觉倏忽六七年。一日，祖师登坛高坐，唤集诸仙，开讲大道。真个是：

天花乱坠，地涌金莲。妙演三乘教，精微万法全。慢摇麈尾喷珠玉，响振雷霆动九天。说一会道，讲一会禅，三家配合本如然。开明一字皈诚理，指引无生了性玄。

孙悟空在旁闻讲，喜得他抓耳挠腮，眉花眼笑。忍不住手之舞之，足之蹈之。忽被祖师看见，叫孙悟空道：『你在班中，怎么颠狂跃舞，不听我讲？』悟空道：『弟子诚心听讲，听到老师父妙音处，喜不自胜，故不觉作此踊跃之状，望师父恕罪！』祖师道：『你既识妙音，我且问你，你到洞中多少时了？』悟空道：『弟子本来懵懂，不知多少时节。只记得灶下无火，常去山后打柴，见一山好桃树，我在那里吃了七次饱桃矣。』祖师道：『那山唤名烂桃山。你既吃七次，想是七年了。你今要从我学些甚么道？』悟空道：『但凭尊师教诲，只是有些道气儿，弟子便就学了。』

祖师道：『「道」字门中有三百六十傍门，傍门皆有正果。不知你学那一门哩？』悟空道：『凭尊师意思。弟子倾心听从。』祖师道：『我教你个「术」字门中之道，如何？』悟空道：『术门之道怎么说？』祖师道：『术字门中，乃是些请仙扶鸾，问卜揲蓍，能知趋吉避凶之理。』悟空道：『似这般可得长生么？』祖师道：『不能！不能！』悟空道：『不学！不学！』

祖师又道：『教你「流」字门中之道，如何？』悟空又问：『流字门中，是甚义理？』祖师道：『流字门中，乃是儒家、释家、道家、阴阳家、墨家、医家，或看经，或念佛，并朝真降圣之类。』悟空道：『似这般可得长生么？』祖师道：『若要长生，也似「壁里安柱」。』悟空道：『师父，我是个老实人，不晓得打市语。怎么谓之「壁里安柱」？』祖师道：『人家盖房，欲图坚固，将墙壁之间，立一顶柱，有日大厦将颓，他必朽矣。』悟空道：『据此说，也不长久。不学，不学！』

祖师道：『教你「静」字门中之道，如何？』悟空道：『静字门中，是甚正果？』祖师道：『此是休粮守谷，清静无为，参禅打坐，戒语持斋，或睡功，或立功，并入定坐关之类。』悟空道：『这般也能长生么？』祖师道：『也似「窑头土坯」。』悟空笑道：『师父果有些滴泓。一行说我不会打市语。怎么谓之「窑头土坯」？』祖师道：『就如那窑头上，造成砖瓦之坯，虽已成形，尚未经水火煅炼，一朝大雨滂沱，他必滥矣。』悟空道：『也不长远。不学！不学！』

祖师道：『教你「动」字门中之道，如何？』悟空道：『动门之道，却又怎么？』祖师道：『此是有为有作，采阴补阳，攀弓踏弩，摩脐过气，用方炮制，烧茅打鼎，进红铅，炼秋石，并服妇乳之类。』悟空道：『似这等也得长生么？』祖师道：『此欲长生，亦如「水中捞月」。』悟空道：『师父又来了！怎么叫做「水中捞月」？』祖师道：『月在长空，水中有影，虽然看见，只是无捞摸处，到底只成空耳。』悟空道：『也不学，不学！』

祖师闻言，咄的一声，跳下高台，手持戒尺，指定悟空道：『你这猢狲！这般不学，那般不学，却待怎么？』走上前，将悟空头上打了三下，倒背着手，走入里面，将中门关了，撇下大众而去。唬得那一班听讲的，人人惊惧，皆怨悟空道：『你这泼猴，十分无状！师父传你道法，如何不学，却与师父顶嘴？这番冲撞了他，不知几时才出来呵！』此时俱甚报怨他，又鄙贱嫌恶他。悟空一些儿也不恼，只是满脸陪笑。原来那猴王，已打破盘中之谜，暗暗在心，所以不与众人争竞，只得忍耐无言。祖师打他三下者，教他三更时分存心；倒背着手，走入里面，将中门关上者，教他从后门进步，秘处传他道也。

当日悟空与众等，喜喜欢欢，在三星仙洞之前，盼望天色，急不能到晚。及黄昏时，却与众就寝，假合眼，定息存神。山中又没支更传箭，不知时分，只自家将鼻孔中出入之气调定。约到子时前后，轻轻的起来，穿了衣服，偷开前门，躲离大众，走出外，抬头观看。正是那：

月明清露冷，八极迥无尘。
深树幽禽宿，源头水溜汾。

飞萤光散影，过雁字排云。

正直三更候，应该访道真。

你看他从旧路径至后门外，只见那门儿半开半掩。悟空喜道：『老师父果然注意与我传道，故此开着门也。』即曳步近前，侧身进得门里，只走到祖师寝榻之下。见祖师蜷跼身躯，朝里睡着了。悟空不敢惊动，即跪在榻前。那祖师不多时觉来，舒开两足，口中自吟道：

『难，难，难！道最玄，莫把金丹作等闲。不遇至人传妙诀，空言口困舌头干！』

悟空应声叫道：『师父，弟子在此跪候多时。』祖师闻得声音是悟空，即起披衣盘坐，喝道：『这猢狲！你不在前边去睡，却来我这后边作甚？』悟空道：『师父昨日坛前对众相允，教弟子三更时候，从后门里传我道理，故此大胆径拜老爷榻下。』祖师听说，十分欢喜，暗自寻思道：『这厮果然是个天地生成的！不然，何就打破我盘中之暗谜也？』悟空道：『此间更无六耳，止只弟子一人，望师父大舍慈悲，传与我长生之道罢，永不忘恩！』祖师道：『你今有缘，我亦喜说。既识得盘中暗谜，你近前来，仔细听之，当传与你长生之妙道也。』悟空叩头谢了，洗耳用心，跪于榻下。祖师云：

显密圆通真妙诀，惜修性命无他说。都来总是精气神，谨固牢藏休漏泄。休漏泄，体中藏，汝受吾传道自昌。口诀记来多有益，屏除邪欲得清凉。得清凉，光皎洁，好向丹台赏明月。月藏玉兔日藏乌，自有龟蛇相盘结。相盘结，性命坚，却能火里种金莲。攒簇五行颠倒用，功完随作佛和仙。

此时说破根源，悟空心灵福至，切切记了口诀，对祖师拜谢深恩，即出后门观看。但见东方天色微舒白，西路金光大显明。依旧路转到前门，轻轻的推开进去，坐在原寝之处，故将床铺摇响道：『天光了！天光了！起耶！』那大

悟彻菩提真妙理
断魔归本合元神

却早过了三年，祖师复登宝座，与众说法。谈的是公案比语，论的是外像包皮。忽问：『悟空何在？』悟空近前跪下：『弟子有。』

众还正睡哩，不知悟空已得了好事。当日起来打混，暗暗维持，子前午后，自己调息。

却早过了三年，祖师复登宝座，与众说法。谈的是公案比语，论的是外像包皮。忽问：『悟空何在？』悟空近前跪下：『弟子有。』祖师道：『你这一向修些甚么道来？』悟空道：『弟子近来法性颇通，根源亦渐坚固矣。』祖师道：『你既通法性，会得根源，已注神体，却只是防备着「三灾利害」。』悟空听说，沉吟良久道：『师父之言谬矣。我尝闻道高德隆，与天同寿；水火既济，百病不生。却怎么有个「三灾利害」？』祖师道：『此乃非常之道：夺天地之造化，侵日月之玄机；丹成之后，鬼神难容。虽驻颜益寿，但到了五百年后，天降雷灾打你，须要见性明心，预先躲避。躲得过，寿与天齐；躲不过，就此绝命。再五百年后，天降火灾烧你。这火不是天火，亦不是凡火，唤做「阴火」。自本身涌泉穴下烧起，直透泥垣宫，五脏成灰，四肢皆朽，把千年苦行，俱为虚幻。再五百年，又降风灾吹你。这风不是东南西北风，不是和熏金朔风，亦不是花柳松竹风，唤做「赑风」。自囟门中吹入六腑，过丹田，穿九窍，骨肉消疏，其身自解。所以都要躲过。』

悟空闻说，毛骨悚然，叩头礼拜道：『万望老爷垂悯，传与躲避三灾之法，到底不敢忘恩。』祖师道：『此亦无难，只是你比他人不同，故传不得。』悟空道：『我也头圆顶天，足方履地，一般有九窍四肢，五脏六腑，何以比人不同？』祖师道：『你虽然像人，却比人少腮。』原来那猴子孤拐面，凹脸尖嘴。悟空伸手一摸，笑道：『师父没成算！我虽少腮，却比人多这个素袋，亦可准折过也。』祖师说：『也罢，你要学那一般？有一般天罡数，该三十六般变化；有一般地煞数，该七十二般变化。』悟空道：『弟子愿多里捞摸，学一个地煞变化罢。』祖师道：『既如此，上前来，传与你口诀。』遂附耳低言，不知说了些甚么妙法。这猴王也是他一窍通时百窍通，当时习了口诀，自修自炼，将七十二般变化，都学成了。

忽一日，祖师与众门人在三星洞前戏玩晚景。祖师道：『悟空，事成了未曾？』悟空道：『多蒙师父海恩，弟子功果完备，已能霞举飞升也。』祖师道：『你试飞举我看。』

悟空弄本事，将身一耸，打了个连扯跟头，跳离地有五六丈，踏云霞去勾有顿饭之时，返复不上三里远近，落在面前，扠手道：『师父，这就是飞举腾云了。』祖师笑道：『这个算不得腾云，只算得爬云而已。自古道：「神仙朝游北海暮苍梧」。似你这半日，去不上三里，即爬云也还算不得哩！』悟空道：『怎么为「朝游北海暮苍梧」？』祖师道：『凡腾云之辈，早辰起自北海，游过东海、西海、南海，复转苍梧。苍梧者，却是北海零陵之语话也。将四海之外，一日都游遍，方算得腾云。』悟空道：『这个却难，却难！』祖师道：『世上无难事，只怕有心人。』悟空闻得此言，叩头礼拜，启道：『师父，「为人须为彻」，索性舍个大慈悲，将此腾云之法，一发传与我罢，决不敢忘恩。』祖师道：『凡诸仙腾云，皆跌足而起，你却不是这般。我才见你去，连扯方才跳上。我今只就你这个势，传你个「筋斗云」罢。』悟空又礼拜恳求，祖师却又传个口诀道：『这朵云，捻着诀，念动真言，攒紧了拳，将身一抖，跳将起来，一筋斗就有十万八千里路哩！』大众听说，一个个嘻嘻笑道：『悟空造化！若会这个法儿，与人家当铺兵，送文书，递报单，不管那里都寻了饭吃。』师徒们天昏各归洞府。这一夜，悟空即运神炼法，会了筋斗云。逐日家无拘无束，自在逍遥，此亦长生之美。

一日，春归夏至，大众都在松树下会讲多时。大众道：『悟空，你是那世修来的缘法？前日老师父附耳低言，传与你的躲三灾变化之法，可都会么？』悟空笑道：『不瞒诸兄长说，一则是师父传授，二来也是我昼夜殷勤，那几般儿都会了。』大众道：『趁此良时，你试演演，让我等看看。』悟空闻说，抖擞精神，卖弄手段道：『众师兄请出个题目。要我变化甚么？』大众道：『就变棵松树罢。』悟空捻着诀，念动咒语，摇身一变，就变做一颗松树。真个是：

郁郁含烟贯四时，凌云直上秀贞姿。
全无一点妖猴像，尽是经霜耐雪枝。

大众见了，鼓掌呵呵大笑，都道：『好猴儿，好猴儿！』不觉的嚷闹，惊动了祖师。

祖师急拽杖出门来问道：『是何人在此喧哗？』大众闻呼，慌忙检束，整衣向前。悟空也现了本相，杂在丛中道：『启上尊师，我等在此会讲，更无外姓喧哗。』祖师怒喝道：『你等大呼小叫，全不像个修行的体段！修行的人，口开神气散，舌动是非生。如何在此嚷笑？』大众道：『不敢瞒师父，适才孙悟空演变化耍子。教他变棵松树，果然是棵松树，弟子们俱称扬喝采，故高声惊冒尊师，望乞恕罪。』祖师道：『你等起去。』叫：『悟空，过来！我问你弄甚么精神，变甚么松树？这个功夫，可好在人前卖弄？假如你见别人有，不要求他？别人见你有，必然求你。你若畏祸，却要传他；若不传他，必然加害：你之性命又不可保。』悟空叩头道：『只望师父恕罪！』祖师道：『我也不罪你，但只是你去罢。』悟空闻此言，满眼堕泪道：『师父，教我往那里去？』祖师道：『你从那里来，便从那里去就是了。』悟空顿然醒悟道：『我自东胜神洲傲来国花果山水帘洞来的。』祖师道：『你快回去，全你性命；若在此间，断然不可！』悟空领罪：『上告尊师，我也离家有二十年矣，虽是回顾旧日儿孙，但念师父厚恩未报，不敢去。』祖师道：『那里甚么恩义？你只不惹祸不牵带我就罢了！』悟空见没奈何，只得拜辞，与众相别。祖师道：『你这去，定生不良。凭你怎么惹祸行凶，却不许说是我的徒弟。你说出半个字来，我就知之，把你这猢狲剥皮锉骨，将神魂贬在九幽之处，教你万劫不得翻身！』悟空道：『决不敢提起师父一字，只说是我自家会的便罢。』

悟空谢了。即抽身，捻着诀，丢个连扯，纵起筋斗云，径回东胜。那里消一个时辰，早看见花果山水帘洞。美猴王自知快乐，暗暗的自称道：

去时凡骨凡胎重，得道身轻体亦轻。
举世无人肯立志，立志修玄玄自明。
当时过海波难进，今日回来甚易行。
别语叮咛还在耳，何期顷刻见东溟。

悟空按下云头，直至花果山，找路而走。忽听得鹤唳猿啼，鹤唳声冲霄汉外，猿啼悲切甚伤情，即开口叫道：『孩儿们，我来了也！』那崖下石坎边，花草中，树木里，若大若小之猴，跳出千千万万，把个美猴王围在当中，叩头叫道：『大王，你好宽心！怎么一去许久？把我们俱闪在这里，望你诚如饥渴！近来被一妖魔在此欺虐，强要占我

斷魔歸本合元神

断魔归本合元神

悟空谢了。即抽身，捻着诀，丢个连扯，纵起筋斗云，径回东胜。那里消一个时辰，早看见花果山水帘洞。

们水帘洞府，是我等舍死忘生，与他争斗。这些时，被那厮抢了我们家火，捉了许多子侄，教我们昼夜无眠，看守家业。幸得大王来了！大王若再年载不来，我等连山洞尽属他人矣！』

悟空闻说，心中大怒道：『是甚么妖魔，辄敢无状！你且细细说来，待我寻他报仇！』众猴叩头：『告上大王，那厮自称混世魔王，住居在直北下。』悟空道：『此间到他那里，有多少路程？』众猴道：『他来时云，去时雾，或风或雨，或电或雷，我等不知有多少路。』悟空道：『既如此，你们休怕，且自顽耍，等我寻他去来！』

好猴王，将身一纵，跳起去，一路筋斗，直至北下观看，见一座高山，真是十分险峻。好山：

笔峰挺立，曲涧深沉。笔峰挺立透空霄，曲涧深沉通地户。两崖花木争奇，几处松篁斗翠。左边龙，熟熟驯驯；右边虎，平平伏伏。每见铁牛耕，常有金钱种。幽禽睍睆声，丹凤朝阳立。石磷磷，波净净，古怪跷蹊真

恶狞。世上名山无数多，花开花谢蘩还众。争如此景永长存，八节四时浑不动。诚为三界坎源山，滋养五行水脏洞！

美猴王正默观看景致，只听得有人言语。径自下山寻觅，原来那陡崖之前，乃是那水脏洞。洞门外有几个小妖跳舞，见了悟空就走。悟空道：『休走！借你口中言 ，传我心内事。我乃正南方花果山水帘洞洞主。你家甚么混世鸟魔，屡次欺我儿孙，我特寻来，要与他见个上下！』

那小妖听说，疾忙跑入洞里，报道：『大王！祸事了！』魔王道：『有甚祸事？』小妖道：『洞外有猴头称为花果山水帘洞洞主。他说你屡次欺他儿孙，特来寻你，见个上下哩。』魔王笑道：『我常闻得那些猴精说他有个大王，出家修行去，想是今番来了。你们见他怎生打扮，有甚器械？』小妖道：『他也没甚么器械，光着个头，穿一领红色衣，勒一条黄丝绦，足下踏一对乌靴，不僧不俗，又不像道士神仙，赤手空拳，在门外叫哩。』魔王闻说：『取我披挂兵器来！』那小妖即时取出。那魔王穿了甲胄，绰刀在手，与众妖出得门来，即高声叫道：『那个是水帘洞洞主？』悟空急睁睛观看，只见那魔王：

头戴乌金盔，映日光明；身挂皂罗袍，迎风飘荡。下穿着黑铁甲，紧勒皮条；足踏着花褶靴，雄如上将。腰广十围，身高三丈。手执一口刀，锋刃多明亮。称为混世魔，磊落凶模样。

猴王喝道：『这泼魔这般眼大，看不见老孙！』魔王见了，笑道：『你身不满四尺，年不过三旬，手内又无兵器，怎么大胆猖狂，要寻我见甚么上下？』悟空骂道：『你这泼魔，原来没眼！你量我小，要大却也不难。你量我无兵器，我两只手彀着天边月哩！你不要怕，只吃老孙一拳！』纵一纵，跳上去，劈脸就打。那魔王伸手架住道：『你这般矬矮，我这般高长，你要使拳，我要使刀，使刀就杀了你，也吃人笑，待我放下刀，与你使路拳看。』悟空道：

『说得是。好汉子！走来！』那魔王丢开架子便打，这悟空钻进去相撞相迎。他两个拳捶脚踢，一冲一撞。原来长拳空大，短簇坚牢。那魔王被悟空掏短胁，撞丫裆，几下筋节，把他打重了。他闪过，拿起那板大的钢刀，望悟空劈头就砍。悟空急撤身，他砍了一个空。悟空见他凶猛，即使身外身法，拔一把毫毛，丢在口中嚼碎，望空喷去，叫一声『变』！即变做三二百个小猴，周围攒簇。

原来人得仙体，出神变化无方。不知这猴王自从了道之后，身上有八万四千毛羽，根根能变，应物随心。那些小猴，眼乖会跳，刀来砍不着，枪去不能伤。你看他前踊后跃，钻上去，把个魔王围绕，抱的抱，扯的扯，钻裆的钻裆，扳脚的扳脚，踢打挦毛，抠眼睛，捻鼻子，抬鼓弄，直打做一个攒盘。这悟空才去夺得他的刀来，分开小猴，照顶门一下，砍为两段。领众杀进洞中，将那大小妖精，尽皆剿灭。却把毫毛一抖，收上身来。又见那收不上身者，却是那魔王在水帘洞擒去的小猴，悟空道：『汝等何为到此？』约有三五十个，都含泪道：『我等因大王修仙去后，这两年被他争吵，把我们都摄将来，那不是我们洞中的家火？石盆、石碗都被这厮拿来也。』悟空道：『既是我们的家火，你们都搬出外去。』随即洞里放起火来，把那水脏洞烧得枯干，尽归了一体。对众道：『汝等跟我回去。』众猴道：『大王，我们来时，只听得耳边风响，虚飘飘到于此地，更不识路径，今怎得回乡？』悟空道：『这是他弄的个术法儿，有何难也！我如今一窍通，百窍通，我也会弄。你们都合了眼，休怕！』

好猴王，念声咒语，驾阵狂风，云头落下。叫：『孩儿们，睁眼。』众猴脚蹦实地，认得是家乡，个个欢喜，都奔洞门旧路。那在洞众猴，都一齐簇拥同入，分班序齿，礼拜猴王。安排酒果，接风贺喜，启问降魔救子之事。悟空备细言了一遍，众猴称扬不尽道：『大王去到那方，不意学得这般手段！』悟空又道：『我当年别汝等，随波逐流，飘过东洋大海，径至南赡部洲，学成人像，着此衣，穿此履，摆摆摇摇，云游了八九年余，更不曾有道；又渡西洋大海，到西牛贺洲地界，访问多时，幸遇一老祖，传了我与天同寿的真功果，不死长生的大法门。』众猴称贺，都道：『万劫难逢也！』悟空又笑道：『小的们，又喜我这一门皆有姓氏。』众猴道：『大王姓甚？』悟空道：『我今姓孙，法名悟空。』众猴闻说，鼓掌忻然道：『大王是老孙，我们都是二孙、三孙、细孙、小孙——一家孙、一国孙、一窝孙矣！』都来奉承老孙，大盆小碗的，椰子酒、葡萄酒、仙花、仙果，真个是合家欢乐！咦！

贯通一姓身归本，只待荣迁仙箓名。

毕竟不知怎生结果，居此界终始如何，且听下回分解。

四海千山皆拱伏 九幽十类尽除名

一日，在本洞分付四健将安排筵宴，请六王赴饮，杀牛宰马，祭天享地，着众怪跳舞欢歌，俱吃得酩酊大醉。

第三回 四海千山皆拱伏 九幽十类尽除名

却说美猴王荣归故里，自剿了混世魔王，夺了一口大刀。逐日操演武艺，教小猴砍竹为标，削木为刀，治旗幡，打哨子，一进一退，安营下寨，顽耍多时。忽然静坐处，思想道：『我等在此，恐作耍成真，或惊动人王，或有禽王、兽王认此犯头，说我们操兵造反，兴师来相杀，汝等都是竹竿木刀，如何对敌？须得锋利剑戟方可。如今奈何？』众猴闻说，个个惊恐道：『大王所见甚长，只是无处可取。』

正说间，转上四个老猴，两个是赤尻马猴，两个是通背猿猴，走在面前道：『大王，若要治锋利器械，甚是容易。』悟空道：『怎见容易？』四猴道：『我们这山，向东去，有二百里水面，那厢乃傲来国界。那国界中有一王位，满城中军民无数，必有金银铜铁等匠作。大王若去那里，或买或造些兵器，教演我等，守护山场，诚所谓保泰长久之机也。』悟空闻说，满心欢喜道：『汝等在此顽耍，待我去来。』

好猴王，即纵筋斗云，霎时间过了二百里水面。果然那厢有座城池，六街三市，万户千门，来来往往，人都在光天化日之下。悟空心中想道：『这里定有现成的兵器，我待下去买他几件，还不如使个神通觅他几件倒好。』他就捻起诀来，念动咒语，向巽地上吸一口气，呼的吹将去，便是一阵狂风，飞沙走石，好惊人也！

炮云起处荡乾坤，黑雾阴霾大地昏。江海波翻鱼蟹怕，山林树折虎狼奔。诸般买卖无商旅，各样生涯不见人。殿上君王归内院，阶前文武转衙门。千秋宝座都吹倒，五凤高楼幌动根。

风起处，惊散了那傲来国君王，三市六街，都慌得关门闭户，无人敢走。

悟空才按下云头，径闯入朝门里，直寻到兵器馆、武库中，打开门扇看时，那里面无数器械：刀、枪、剑、戟、斧、钺、戈、镰、鞭、钯、挝、简、弓、弩、叉、矛，件件俱备。一见甚喜道：『我一人能拿几何？还使个分身法搬将去罢。』好猴王，即拔一把毫毛，入口嚼烂，喷将出去，念动咒语，叫声『变！』变做千百个小猴，都乱搬乱抢：有力的拿五七件，力小的拿三二件，尽数搬个罄净。径踏云头，弄个摄法，唤转狂风，带领小猴，俱回本处。

却说那花果山大小儿猴，正在那洞门外顽耍，忽听得风声响处，见半空中，丫丫叉叉，无边无岸的猴精，唬得都乱跑乱躲。少时，美猴王按落云头，收了云雾，将身一抖，收了毫毛，将兵器都乱堆在山前，叫道：『小的们！都来领兵器！』众猴看时，只见悟空独立在平阳之地，俱跑来叩头问故。悟空将前使狂风、搬兵器一应事说了一遍。众猴称谢毕，都去抢刀夺剑，挝斧争枪，扯弓扳弩，吆吆喝喝，耍了一日。

次日，依旧排营。悟空会聚群猴，计有四万七千余口。早惊动满山怪兽，都是些狼、虫、虎、豹、麖、麂、獐、犯、狐、狸、獾、狢、狮、象、狻猊、猩猩、熊、鹿、野豕、山牛、羚羊、青兕、狡儿、神獒……各样妖王，共有七十二洞，都来参拜猴王为尊。每年献贡，四时点卯。也有随班操演的，也有随节征粮的，齐齐整整，把一座花果山造得似铁桶金城。各路妖王，又有进金鼓，进彩旗，进盔甲的，纷纷攘攘，日逐家习舞兴师。

美猴王正喜间，忽对众说道：『汝等弓弩熟谙，兵器精通，奈我这口刀着实榔槺，不遂我意，奈何？』四老猴上前启奏道：『大王乃是仙圣，凡兵是不堪用；但不知大王水里可能去得？』悟空道：『我自闻道之后，有七十二般地煞变化之功；筋斗云有莫大的神通；善能隐身遁身，起法摄法；上天有路，入地有门；步日月无影，入金石无碍；水不能溺，火不能焚。那些儿去不得？』四猴道：『大王既有此神通，我们这铁板桥下，水通东海龙宫。大王若肯下去，寻着老龙王，问他要件甚么兵器，却不趁心？』悟空闻言甚喜道：『等我去来。』

好猴王，跳至桥头，使一个闭水法，捻着诀，扑的钻入波中，分开水路，径入东洋海底。正行间，忽见一个巡海的夜叉，挡住问道：『那推水来的，是何神圣？说个明白，好通报迎接。』悟空道：『吾乃花果山天生圣人孙悟空，是你老龙王的紧邻，为何不识？』

那夜叉听说，急转水晶宫传报道：『大王，外面有个花果山天生圣人孙悟空，口称是大王紧邻，将到宫也。』东海龙王敖广即忙起身，与龙子、龙孙、虾兵、蟹将出宫迎道：『上仙请进，请进。』直至宫里相见，上坐献茶毕，问道：『上仙几时得道，授何仙术？』悟空道：『我自生身之后，出家修行，得一个无生无灭之体。近因教演儿孙，守护山洞，奈何没件兵器。久闻贤邻享乐瑶宫贝阙，必有多余神器，特来告求一件。』

龙王见说，不好推辞，即着鳜都司取出一把大杆刀奉上。悟空道：『老孙不会使刀，乞另赐一件。』龙王又着鲌大尉，领鳝力士，抬出一杆九股叉来。悟空跳下来，接在手中，使了一路，放下道：『轻，轻，轻！又不趁手！再乞另赐一件。』龙王笑道：『上仙，你不曾看这叉，有三千六百斤重哩！』悟空道：『不趁手！不趁手！』龙王心中恐惧，又着鲠提督、鲤总兵抬出一柄画杆方天戟。那戟有七千二百斤重。悟空见了，跑近前接在手中，丢几个架子，撒两个解数，插在中间道：『也还轻，轻，轻！』老龙王一发害怕道：『上仙，我宫中只有这根戟重，再没甚么兵器了。』悟空笑道：『古人云：「愁海龙王没宝哩！」你再去寻寻看。若有可意的，一一奉价。』龙王道：『委的再无。』

正说处，后面闪过龙婆、龙女道：『大王，观看此圣，决非小可。我们这海藏中，那一块天河定底的神珍铁，这几日霞光艳艳，瑞气腾腾，敢莫是该出现，遇此圣也？』龙王道：『那是大禹治水之时，定江海浅深的一个定子，是一块神铁，能中何用？』龙婆道：『莫管他用不用，且送与他，凭他怎么改造，送出宫门便了。』

老龙王依言，尽向悟空说了。悟空道：『拿出来我看。』龙王摇手道：『扛不动，抬不动，须上仙亲去看看。』悟空道：『在何处？你引我去。』龙王果引导至海藏中间，忽见金光万道。龙王指定道：『那放光的便是。』悟空撩衣上前，摸了一把，乃是一根铁柱子，约有斗来粗，二丈有余长。他尽力两手挝过道：『忒粗忒长些，再短细些方可用。』说毕，那宝贝就短了几尺，细了一围。悟空又颠一颠道：『再细些更好！』那宝贝真个又细了几分。悟空十分欢喜，拿出海藏看时，原来两头是两个金箍，中间乃一段乌铁；紧挨箍有镌成的一行字，唤做『如意金箍棒』，重一万三千五百斤。心中暗喜道：『想必这宝贝如人意！』一边走，一边心思口念，手颠着道：『再短细些更妙！』拿出外面，只有二丈长短，碗口粗细。你看他弄神通，丢开解数，打转水晶宫里，唬得老龙王胆战心惊，小龙子魂飞魄散；龟鳖鼋鼍皆缩颈，鱼虾鳌蟹尽藏头。

悟空将宝贝执在手中，坐在水晶宫殿上。对龙王笑道：『多谢贤邻厚意。』龙王道：『不敢，不敢。』悟空道：『这块铁虽然好用，还有一说。』龙王道：『上仙还有甚说？』悟空道：『当时若无此铁，倒也罢了；如今手中既拿着他，身上更无衣服相趁，奈何？你这里若有披挂，索性送我一副，一总奉谢。』龙王道：『这个却是没有。』悟空道：『「一客不犯二主」，若没有，我也定不出此门。』龙王道：『烦上仙再转一海，或者有之。』悟空又道：『「走三家不如坐一家」，千万告求一副。』龙王道：『委的没有；如有即当奉承。』悟空道：『真个没有，就和你试试此铁！』龙王慌了道：『上仙，切莫动手，切莫动手！待我看舍弟处可有，当送一副。』悟空道：『令弟何在？』龙王道：『舍弟乃南海龙王敖钦、北海龙王敖顺、西海龙王敖闰是也。』悟空道：『我老孙不去，不去！俗语谓「赊三不敌见二」，只望你随高就低的送一副便了。』老龙道：『不须上仙去。我这里有一面铁鼓，一口金钟；凡有紧急事，擂得鼓响，撞得钟鸣，舍弟们就顷刻而至。』悟空道：『既是如此，快些去擂鼓撞钟！』真个那鼍将便去撞钟，鳖帅即来擂鼓。

少时，钟鼓响处，果然惊动那三海龙王，须臾来到，一齐在外面会着。

敖钦道：『大哥，有甚紧事，擂鼓撞钟？』老龙道：『贤弟！不好说！有一个花果山甚么天生圣人，早间来认我做邻居，后要求一件兵器，献钢叉嫌小，奉画戟嫌轻。将一块天河定底神珍铁，自己拿出手，丢了些解数。如今坐在宫中，又要索甚么披挂。我处无有，故响钟鸣鼓，请贤弟来。你们可有甚么披挂，送他一副，打发出门去罢了。』敖钦闻言，大怒道：『我兄弟们，点起兵，拿他不是！』老龙道：『莫说拿，莫说拿！那块铁，挽着些儿就死，磕着些儿就亡；挨挨儿皮破，擦擦儿筋伤！』西海龙王敖闰说：『二哥不可与他动手；且只凑副披挂与他，打发他出了门，启表奏上上天，天自诛也。』北海龙王敖顺道：『说的是。我这里有一双藕丝步云履哩。』西海龙王敖闰道：『我带了一副锁子黄金甲哩。』南海龙王敖钦道：『我有一顶凤翅紫金冠哩。』老龙大喜，引入水晶宫相见了，以此奉上。悟空将金冠、金甲、云履都穿戴停当，使动如意棒，一路打出去，对众龙道：『聒噪，聒噪！』四海龙王甚是不平，一边商议进表上奏不题。

你看这猴王，分开水道，径回铁板桥头，撺将上来，只见四个老猴，领着众猴，都在桥边等候。忽然见悟空跳出波外，身上更无一点水湿，金灿灿的，走上桥来。唬得众猴一齐跪下道：『大王，好华彩耶，好华彩耶！』悟空满面春风，高登宝座，将铁棒竖在当中。那些猴不知好歹，都来拿那宝贝，却便似蜻蜓撼铁树，分毫也不能禁动。一个个咬指伸舌道：『爷爷呀！这般重，亏你怎的拿来也！』悟空近前，舒开手，一把挝起，对众笑道：『物各有主。这宝贝镇于海藏中，也不知几千百年，可可的今岁放光。龙王只认做是块黑铁，又唤做天河镇底神珍。那厮每都扛抬不动，请我亲去拿之。那时此宝有二丈多长，斗来粗细；被我挝他一把，意思嫌大，他就小了许多；再教小些，他又小了许多；再教小些，他又小了许多；急对天光看处，上有一行字，乃「如意金箍棒，一万三千五百斤。」你都站开，

四海千山皆拱伏 九幽十类尽除名

十王即命掌案的判官取出文簿来查。那判官不敢怠慢，便到司房里，捧出五六簿文书并十类簿子，逐一查看。裸虫、毛虫、羽虫、昆虫、鳞介之属，俱无他名。

等我再叫他变一变着。』他将那宝贝颠在手中，叫：『小！小！小！』即时就小做一个绣花针儿相似，可以揌在耳躲里面藏下。众猴骇然，叫道：『大王！还拿出来耍耍！』猴王真个去耳躲里拿出，托放掌上叫：『大！大！大！』即又大做斗来粗细，二丈长短。他弄到欢喜处，跳上桥，走出洞外，将宝贝揝在手中，使一个法天象地的神通，把腰一躬，叫声：『长！』他就长的高万丈，头如泰山，腰如峻岭，眼如闪电，口似血盆，牙如剑戟；手中那棒，上抵三十三天，下至十八层地狱，把些虎豹狼虫，满山群怪，七十二洞妖王，都唬得磕头礼拜，战兢兢魄散魂飞。霎时收了法象，将宝贝还变做个绣花针儿，藏在耳内，复归洞府。慌得那各洞妖王，都来参贺。

此时遂大开旗鼓，响振铜锣。广设珍馐百味，满斟椰液萄浆，与众饮宴多时，却又依前教演。猴王将那四个老猴封为健将；将两个赤尻马猴唤做马、流二元帅；两个通背猿猴唤做崩、芭二将军。将那安营下寨、赏罚诸事，都付与四健将维持。他放下心，日逐腾云驾雾，遨游四海，行乐千山。施武艺，遍访英豪；弄神通，广交贤友。此时又会了个七弟兄，乃牛魔王、蛟魔王、鹏魔王、狮驼王、猕猴王、㺐狨王，连自家美猴王七个。日逐讲文论武，走斝传觞，弦歌吹舞，朝去暮回，无般儿不乐。把那万里之遥，只当庭闱之路，所谓点头径过三千里，扭腰八百有余程。

一日，在本洞分付四健将安排筵宴，请六王赴饮，杀牛宰马，祭天享地，着众怪跳舞欢歌，俱吃得酩酊大醉。送六王出去，却又赏犒大小头目，攲在铁板桥边松阴之下，霎时间睡着。四健将领众围护，不敢高声。

只见那美猴王睡里见两人拿一张批文，上有『孙悟空』三字，走近身，不容分说，套上绳，就把美猴王的魂灵儿索了去，踉踉跄跄，直带到一座城边。猴王渐觉酒醒，忽抬头观看，那城上有一铁牌，牌上有三个大字，乃『幽冥界』。美猴王顿然醒悟道：『幽冥界乃阎王所居，何为到此？』那两人道：『你今阳寿该终，我两人领批，勾你来也。』猴王听说，道：『我老孙超出三界外，不在五行中，已不伏他管辖，怎么朦胧，又敢来勾我？』那两个勾死人只管扯扯拉拉，定要拖他进去。那猴王恼起性来，耳躲中掣出宝贝，幌一幌，碗来粗细；略举手，把两个勾死人打为肉酱。自解其索，丢开手，抡着棒，打入城中。唬得那牛头鬼东躲西藏，马面鬼南奔北跑。众鬼卒奔上森罗殿，报着：『大王！祸事，祸事！外面一个毛脸雷公，打将来了！』慌得那十代冥王急整衣来看，见他相貌凶恶，即排下班次，应声高叫道：『上仙留名，上仙留名！』猴王道：『你既认不得我，怎么差人来勾我？』十王道：『不敢，不敢！想是差人差了。』猴王道：『我本是花果山水帘洞天生圣人孙悟空。你等是甚么官位？』十王躬身道：『我等是阴间天子十代冥王。』悟空道：『快报名来，免打！』十王道：『我等是秦广王、初江王、宋帝王、仵官王、阎罗王、平等王、泰山王、都市王、卞城王、转轮王。』悟空道：『汝等既登王位，乃灵显感应之类，为何不知好歹？我老孙修仙了道，与天齐寿，超升三界之外，跳出五行之中，为何着人拘我？』十王道：『上仙息怒。普天下同名同姓者多，敢是那勾死人错走了也？』悟空道：『胡说，胡说！常言道：「官差吏差，来人不差。」你快取生死簿子来我看！』十王闻言，即请上殿查看。

悟空执着如意棒，径登森罗殿上，正中间南面坐下。十王即命掌案的判官取出文簿来查。那判官不敢怠慢，便到司房里，捧出五六簿文书并十类簿子，逐一查看。裸虫、毛虫、羽虫、昆虫、鳞介之属，俱无他名。又看到猴属之类，原来这猴似人相，不入人名；似裸虫，不居国界；似走兽，不伏麒麟管；似飞禽，不受凤凰辖。另有个簿子，悟空亲自检阅，直到那魂字一千三百五十号上，方注着孙悟空名字，乃天产石猴，该寿三百四十二岁，善终。悟空道：『我也不记寿数几何，且只消了名字便罢！取笔过来！』那判官慌忙捧笔，饱掭浓墨。悟空拿过簿子，把猴属之类，但有名者，一概勾之。捽下簿子道：『了帐，了帐！今番不伏你管了！』一路棒，打出幽冥界。那十王不敢相近，都去翠云宫，同拜地藏王菩萨，商量启表，奏闻上天，不在话下。

这猴王打出城中，忽然绊着一个草纥繨，跌了个跳踵，猛的醒来，乃是南柯一梦。才觉伸腰，只闻得四健将与众猴高叫道：『大王，吃了多少酒，睡这一夜，还不醒来？』悟空道：『睡还小可，我梦见两个人，来此勾我，把我带到幽冥界城门之外，却才醒悟。是我显神通，直嚷到森罗殿，与那十王争吵，将我们的生死簿子看了，但有我等名号，俱是我勾了，都不伏那厮所辖也。』众猴磕头礼谢。自此，山猴多有不老者，以阴司无名故也。美猴王言毕前事，四健将报知各洞妖王，都来贺喜。不几日，六个义兄弟，又来拜贺；一闻销名之故，又个个欢喜，每日聚乐不题。

却表启那个高天上圣大慈仁者玉皇大天尊玄穹高上帝，一日，驾坐金阙云宫灵霄宝殿，聚集文武仙卿早朝之际，忽有丘弘济真人启奏道：『万岁，通明殿外，有东海龙王敖广进表，听天尊宣诏。』玉皇传旨：着宣来。敖广宣至灵霄殿下，礼拜毕。旁有引奏仙童，接上表文。玉皇从头看过。表曰：

水元下界东胜神洲东海小龙臣敖广启奏大天圣主玄穹高上帝君：近因花果山生、水帘洞住妖仙孙悟空者，欺虐小龙，强坐水宅，索兵器，施法施威；要披挂，骋凶骋势。惊伤水族，唬走龟鼍。南海龙战战兢兢，西海龙凄凄惨惨，北海龙缩首归降，臣敖广舒身下拜，献神珍之铁棒，凤翅之金冠，与那锁子甲、步云履，以礼送出。他仍弄武艺，显神通，但云：『聒噪，聒噪！』果然无敌，甚为难制。臣今启奏，伏望圣裁。恳乞天兵，收此妖孽，庶使海岳清宁，下元安泰。奉奏。

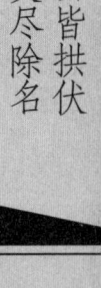

圣帝览毕，传旨：『着龙神回海，朕即遣将擒拿。』老龙王顿首谢去。下面又有葛仙翁天师启奏道：『万岁，有冥司秦广王赍奉幽冥教主地藏王菩萨表文进上。』旁有传言玉女，接上表文，玉皇亦从头看过。表曰：

幽冥境界，乃地之阴司。天有神而地有鬼，阴阳轮转；禽有生而兽有死，反复雌雄。生生化化，孕女成男，此自然之数，不能易也。今有花果山水帘洞天产妖猴孙悟空，逞恶行凶，不服拘唤。弄神通，打绝九幽鬼使；恃势力，惊伤十代慈王。大闹森罗，强销名号。致使猴属之类无拘，猕猴之畜多寿；寂灭轮回，各无生死。贫僧具表，冒渎天威。伏乞调遣神兵，收降此妖，整理阴阳，永安地府。谨奏。

玉皇览毕，传旨：『着冥君回归地府，朕即遣将擒拿。』秦广王亦顿首谢去。

大天尊宣众文武仙卿，问曰：『这妖猴是几年产育，何代出身，却就这般有道？』一言未已，班中闪出千里眼、顺风耳道：『这猴乃三百年前天产石猴。当时不以为然，不知这几年在何方修炼成仙，降龙伏虎，强销死籍也。』玉帝道：『那路神将下界收伏？』言未已，班中闪出太白长庚星，俯伏启奏道：『上圣三界中，凡有九窍者，皆可修仙。奈此猴乃天地育成之体，日月孕就之身，他也顶天履地，服露餐霞；今既修成仙道，有降龙伏虎之能，与人何以异哉？臣启陛下，可念生化之慈恩，降一道招安圣旨，把他宣来上界，授他一个大小官职，与他籍名在箓，拘束此间；若受天命，后再升赏；若违天命，就此擒拿。一则不动众劳师，二则收仙有道也。』玉帝闻言甚喜，道：『依卿所奏。』即着文曲星官修诏，着太白金星招安。

金星领了旨，出南天门外，按下祥云，直至花果山水帘洞。对众小猴道：『我乃天差天使，有圣旨在此，请你大王上界。快快报知！』

洞外小猴，一层层传至洞天深处，道：『大王，外面有一老人，背着一角文书，言是上天差来的天使，有圣旨请你也。』美猴王听得大喜，道：『我这两日，正思量要上天走走，却就有天使来请。』叫：『快请进来！』猴王急整衣冠，门外迎接。金星径入当中，面南立定道：『我是西方太白金星，奉玉帝招安圣旨下界，请你上天，拜受仙箓。』悟空笑道：『多感老星降临。』教：『小的们，安排筵宴款待！』金星道：『圣旨在身，不敢久留；就请大王同往，待荣迁之后，再从容叙也。』悟空道：『承光顾，空退，空退！』即唤四健将，分付：『谨慎教演儿孙，待我上天去看看路，却好带你们上去同居住也。』四健将领诺。这猴王与金星纵起云头，升在空霄之上。正是那：

高迁上品天仙位，名列云班宝箓中。

毕竟不知授个甚么官爵，且听下回分解。

官封弼马心何足

当时猴王欢欢喜喜，与木德星官径去到任。事毕，木德回宫。他在监里，会聚了监丞、监副、典簿、力士、大小官员人等，查明本监事务，止有天马千匹。

第四回　官封弼马心何足　名注齐天意未宁

那太白金星与美猴王，同出了洞天深处，一齐驾云而起。原来悟空筋斗云比众不同，十分快疾，把个金星撇在脑后，先至南天门外。正欲收云前进，被增长天王领着庞、刘、苟、毕、邓、辛、张、陶，一路大力天丁，枪刀剑戟，挡住天门，不肯放进。猴王道：『这个金星老儿，乃奸诈之徒！既请老孙，如何教人动刀动枪，阻塞门路？』正嚷间，金星倏到。悟空就觌面发狠道：『你这老儿，怎么哄我？被你说奉玉帝招安旨意来请，却怎么教这些人阻住天门，不放老孙进去？』金星笑道：『大王息怒。你自来未曾到此天堂，却又无名，众天丁又与你素不相识，他怎肯放你擅入？等如今见了天尊，授了仙箓注了官名，向后随你出入，谁复挡也？』悟空道：『这等说，也罢，我不进去了。』金星又用手扯住道：『你还同我进去。』

将近天门，金星高叫道：『那天门天将，大小吏兵，放开路者。此乃下界仙人，我奉玉帝圣旨，宣他来也。』那增长天王与众天丁俱才敛兵退避。猴王始信其言，同金星缓步入里观看。真个是：

初登上界，乍入天堂。金光万道滚红霓，瑞气千条喷紫雾。只见那南天门，碧沉沉，琉璃造就；明幌幌，宝玉妆成。两边摆数十员镇天元帅，一员员顶梁靠柱，持铣拥旄；四下列十数个金甲神人，一个个执戟悬鞭，持刀仗剑。外厢犹可，入内惊人。里壁厢有几根大柱，柱上缠绕着金鳞耀日赤须龙；又有几座长桥，桥上盘旋着彩羽凌空丹顶凤。明霞幌幌映天光，碧雾蒙蒙遮斗口。这天上有三十三座天宫，乃遣云宫、毗沙宫、五明宫、太阳宫、化乐宫，……一宫宫脊吞金稳兽；又有七十二重宝殿，乃朝会殿、凌虚殿、宝光殿、天王殿、灵官殿，……一殿殿柱列玉麒麟。寿星台上，有千千年不卸的名花；炼药炉边，有万万载常青的瑞草。又至那朝圣楼前，绛纱衣，星辰灿烂；芙蓉冠，金碧辉煌。玉簪珠履，紫绶金章。金钟撞动，三曹神表进丹墀；天鼓鸣时，万圣朝王参玉帝。又至那灵霄宝殿，金钉攒玉户，彩凤舞朱门。复道回廊，处处玲珑剔透；三檐四簇，层层龙凤翱翔。上面有个紫巍巍，明幌幌，圆丢丢，亮灼灼，大金葫芦顶；下面有天妃悬掌扇，玉女捧仙巾。恶狠狠，掌朝的天将；气昂昂，护驾的仙卿。正中间，琉璃盘内，放许多重重叠叠太乙丹；玛瑙瓶中，插几枝弯弯曲曲珊瑚树。正是天宫异物般般有，世上如他件件无。金阙银銮并紫府，琪花瑶草暨琼葩。朝王玉兔坛边过，参圣金乌着底飞。猴王有分来天境，不堕人间点污泥。

太白金星领着美猴王，到于灵霄殿外。不等宣诏，直至御前，朝上礼拜。悟空挺身在旁，且不朝礼，但侧耳以听金星启奏。金星奏道：『臣领圣旨，已宣妖仙到了。』玉帝垂帘问曰：『那个是妖仙？』悟空却才躬身答应道：『老孙便是。』仙卿们都大惊失色道：『这个野猴！怎么不拜伏参见，辄敢这等答应道：「老孙便是」，却该死了，该死了！』玉帝传旨道：『那孙悟空乃下界妖仙，初得人身，不知朝礼，且姑恕罪。』众仙卿叫声：『谢恩！』猴王却才朝上唱个大喏。玉帝宣文选武选仙卿，看那处少甚官职，着孙悟空去除授。旁边转过武曲星君，启奏道：『天宫里各宫各殿，各方各处，都不少官，只是御马监缺个正堂管事。』玉帝传旨道：『就除他做个「弼马温」罢。』众臣叫谢恩，他也只朝上唱个大喏。玉帝又差木德星官送他去御马监到任。

当时猴王欢欢喜喜，与木德星官径去到任。事毕，木德回宫。他在监里，会聚了监丞、监副、典簿、力士、大小官员人等，查明本监事务，止有天马千匹。乃是：

骅骝骐骥，騄駬纤离；龙媒紫燕，挟翼骕骦；駃騠银騧，騕褭飞黄；騊駼翻羽，赤兔超光；逾辉弥景，腾雾胜黄；追风绝地，飞翮奔霄；逸飘赤电，铜爵浮云；骢珑虎䮲，绝尘紫鳞；四极大宛，八骏九逸，千里绝群：此等良马，一个个，嘶风逐电精神壮，踏雾登云气力长。

这猴王查看了文簿，点明了马数。本监中典簿管征备草料；力士官管刷洗马匹、扎草、饮水、煮料；监丞、监副辅佐催办；弼马昼夜不睡，滋养马匹。日间舞弄犹可，夜间看管殷勤；但是马睡的，赶起来吃草；走的，捉将来靠槽。那些天马见了他，泯耳攒蹄，都养得肉肥膘满。

不觉的半月有余。一朝闲暇，众监官都安排酒席，一则与他接风，一则与他贺喜。正在欢饮之间，猴王忽停杯问曰：『我这「弼马温」是个甚么官衔？』众曰：『官名就是此了。』又问：『此官是个几品？』众道：『没有品从。』猴王道：『没品，想是大之极也。』众道：『不大，不大，只唤做「未入流」。』猴王道：『怎么叫做「未入流」？』众道：『末等。这样官儿，最低最小，只可与他看马。似堂尊到任之后，这等殷勤，喂得马肥，只落得道声「好」字；如稍有些尪羸，还要见责；再十分伤损，还要罚赎问罪。』猴王闻此，不觉心头火起，咬牙大怒道：『这

般藐视老孙！老孙在那花果山，称王称祖，怎么哄我来替他养马？养马者，乃后生小辈下贱之役，岂是待我的？不做他，不做他，我将去也！』忽喇的一声，把公案推倒，耳中取出宝贝，幌一幌，碗来粗细，一路解数，直打出御马监，径至南天门。众天丁知他受了仙箓，乃是个弼马温，不敢阻当，让他打出天门去了。

须臾，按落云头，回至花果山上。只见那四健将与各洞妖王，在那里操演兵卒。这猴王厉声高叫道：『小的们！老孙来了！』一群猴都来叩头，迎接进洞天深处，请猴王高登宝位，一壁厢办酒接风。都道：『恭喜大王，上界去十数年，想必得意荣归也？』猴王道：『我才半月有余，那里有十数年？』众猴道：『大王，你在天上，不觉时辰。天上一日，就是下界一年哩。请问大王，官居何职？』猴王摇手道：『不好说，不好说，活活的羞杀人！那玉帝不会用人，他见老孙这般模样，封我做个甚么「弼马温」，原来是与他养马，未入流品之类。我初到任时不知，只在御马监中顽耍。及今日问我同寮，始知是这等卑贱。老孙心中大恼，推倒席面，不受官衔，因此走下来了。』众猴道：『来得好，来得好！大王在这福地洞天之处为王，多少尊重快乐，怎么肯去与他做马夫？教小的们快办酒来，与大王释闷！』

正饮酒欢会间，有人来报道：『大王，门外有两个独角鬼王，要见大王。』猴王道：『教他进来。』那鬼王整衣跑入洞中，倒身下拜。

美猴王问他：『你见我何干？』鬼王道：『久闻大王招贤，无由得见；今见大王授了天箓，得意荣归，特献赭黄袍一件，与大王称庆。肯不弃鄙贱，收纳小人，亦得效犬马之劳。』猴王大喜，将赭黄袍穿起，众等欣然排班朝拜，即将鬼王封为前部总督先锋。鬼王谢恩毕，复启道：『大王在天许久，所授何职？』猴王道：『玉帝轻贤，封我做个甚么「弼马温」！』鬼王听言，又奏道：『大王有此神通，如何与他养马？就做个「齐天大圣」，有何不可？』猴王闻说，欢喜不胜，连道几个『好，好，好！』教四健将：『就替我快置个旌旗，旗上写「齐天大圣」四大字，立竿张挂。自此以后，只称我为齐天大圣，不许再称大王。亦可传与各洞妖王，一体知悉。』此不在话下。

却说那玉帝次日设朝，只见张天师引御马监监丞、监副在丹墀下拜奏道：『万岁，新任弼马温孙悟空，因嫌官小，昨日反下天宫去了。』正说间，又见南天门外增长天王领众天丁，亦奏道：『弼马温不知何故，走出天门去了。』玉帝闻言，即传旨：『着两路神元，各归本职，朕遣天兵，擒拿此怪。』班部中闪上托塔李天王与哪吒三太子，越班奏上道：『万岁，微臣不才，请旨降此妖怪。』玉帝大喜，即封托塔天王李靖为降魔大元帅，哪吒三太子为三坛海会大神，即刻兴师下界。

李天王与哪吒叩头谢辞，径至本宫，点起三军，帅众头目，着巨灵神为先锋，鱼肚将掠后，药叉将催兵。一霎时出南天门外，径来到花果山。选平阳处安了营寨，传令教巨灵神挑战。巨灵神得令，结束整齐，轮着宣花斧，到了水帘洞外。只见那洞门外，许多妖魔，都是些狼虫虎豹之类，丫丫叉叉，抡枪舞剑，在那里跳斗咆哮。这巨灵神喝道：『那业畜！快早去报与弼马温知道，吾乃上天大将，奉玉帝旨意，到此收伏；教他早早出来受降，免致汝等皆伤残也。』

那些怪，奔奔波波，传报洞中道：『祸事了！祸事了！』猴王问：『有甚祸事？』众妖道：『门外有一员天将，口称大圣官衔，道：奉玉帝圣旨，来此收伏；教早早出去受降，免伤我等性命。』猴王听说，教：『取我披挂来！』就戴上紫金冠，贯上黄金甲，登上步云鞋，手执如意金箍棒，领众出门，摆开阵势。这巨灵神睁睛观看，真好猴王：

身穿金甲亮堂堂，头戴金冠光映映。手举金箍棒一根，足踏云鞋皆相称。一双怪眼似明星，两耳过肩查又硬。挺挺身才变化多，声音响亮如钟磬。尖嘴咨牙弼马温，心高要做齐天圣。

官封弼马心何足
名注齐天意未宁

忽喇的一声，把公案推倒，耳中取出宝贝，幌一幌，碗来粗细，一路解数，直打出御马监，径至南天门。

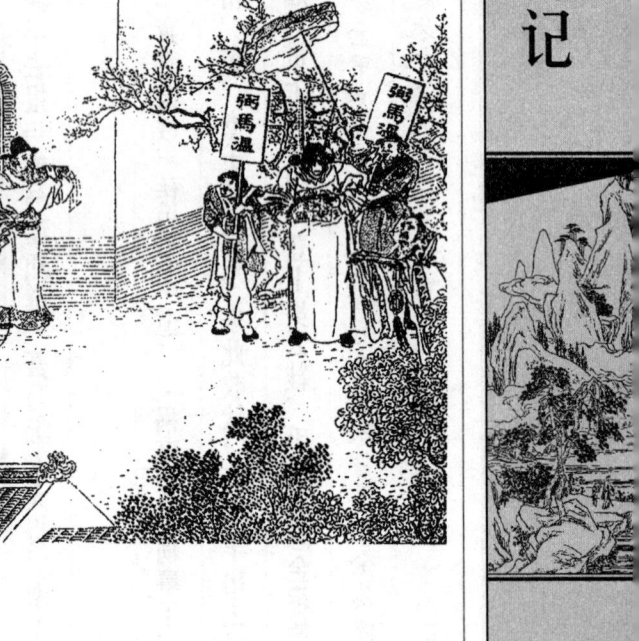

巨灵神厉声高叫道：『那泼猴！你认得我么？』大圣听言，急问道：『你是那路毛神？老孙不曾会你，你快报名来。』巨灵神道：『我把你那欺心的猢狲！你是认不得我！我乃高上神霄托塔李天王部下先锋巨灵天将！今奉玉帝圣旨，到此收降你。你快卸了装束，归顺天恩，免得这满山诸畜遭诛；若道半个「不」字，教你顷刻化为齑粉！』

猴王听说，心中大怒道：『泼毛神，休夸大口，少弄长舌！我本待一棒打死你，恐无人去报信；且留你性命，快早回天，对玉皇说：他甚不用贤，老孙有无穷的本事，为何教我替他养马？你看我这旌旗上字号，若依此字号升官，我就不动刀兵，自然的天地清泰；如若不依，时间就打上灵霄宝殿，教他龙床定坐不成！』

这巨灵神忽闻此言，急睁睛迎风观看，果见门外竖一高竿，竿上有旌旗一面，上写着『齐天大圣』四大字。巨灵神冷笑三声道：『这泼猴，这等不知人事，辄敢无状，你就要做齐天大圣！好好的吃吾一斧！』劈头就砍将去。那猴

王正是会家不忙，将金箍棒应手相迎。这一场好杀：

棒名如意，斧号宣花。他两个乍相逢，不知深浅；斧和棒，左右交加。一个暗藏神妙，一个大口称夸。使动法，喷云嗳雾；展开手，播土扬沙。天将神通就有道，猴王变化实无涯。棒举却如龙戏水，斧来犹似凤穿花。巨灵名望传天下，原来本事不如他；大圣轻轻轮铁棒，着头一下满身麻。

巨灵神抵敌他不住，被猴王劈头一棒，慌忙将斧架隔，扢扠的一声，把个斧柄打做两截，急撤身败阵逃生。猴王笑道：『脓包，脓包！我已饶了你，你快去报信！快去报信！』

巨灵神回至营门，径见托塔天王，忙哈哈跪下道：『弼马温果是神通广大！末将战他不得，败阵回来请罪。』李天王发怒道：『这厮锉吾锐气，推出斩之！』旁边闪出哪吒太子，拜告：『父王息怒，且恕巨灵之罪，待孩儿出师一遭，便知深浅。』天王听谏，且教回营待罪管事。

这哪吒太子，甲胄齐整，跳出营盘，撞至水帘洞外。那悟空正来收兵，见哪吒来的勇猛。好太子：

总角才遮囟，披毛未苫肩。神奇多敏悟，骨秀更清妍。诚为天上麒麟子，果是烟霞彩凤仙。龙种自然非俗相，妙龄端不类尘凡。身带六般神器械，飞腾变化广无边。今受玉皇金口诏，敕封海会号三坛。

悟空迎近前来问曰：『你是谁家小哥？闯进吾门，有何事干？』哪吒喝道：『泼妖猴！岂不认得我？我乃托塔天王三太子哪吒是也。今奉玉帝钦差，至此捉你。』悟空笑道：『小太子，你的奶牙尚未退，胎毛尚未干，怎敢说这般大话？我且留你的性命，不打你。你只看我旌旗上是甚么字号，拜上玉帝：是这般官衔，再也不须动众，我自皈依；若是不遂我心，定要打上灵霄宝殿。』哪吒抬头看处，乃『齐天大圣』四字。哪吒道：『这妖猴能有多大神通，就敢称此名号！不要怕！吃吾一剑！』悟空道：『我只站下不动，任你砍几剑罢。』那哪吒奋怒，大喝一声，叫：

『变！』即变做三头六臂，恶狠狠，手持着六般兵器，乃是斩妖剑、砍妖刀、缚妖索、降妖杵、绣球儿、火轮儿，丫丫叉叉，扑面来打。悟空见了，心惊道：『这小哥倒也会弄些手段！莫无礼，看我神通！』好大圣，喝声『变』，也变做三头六臂；把金箍棒幌一幌，也变做三条；六只手拿着三条棒架住。这场斗，真个是地动山摇，好杀也：

六臂哪吒太子，天生美石猴王，相逢真对手，正遇本源流。那一个蒙差来下界，这一个欺心闹斗牛。斩妖宝剑锋芒快，砍妖刀狠鬼神愁；缚妖索子如飞蟒，降妖大杵似狼头；火轮掣电烘烘艳，往往来来滚绣球。大圣三条如意棒，前遮后挡运机谋。苦争数合无高下，太子心中不肯休。把那六件兵器多教变，百千万亿照头丢。猴王不惧呵呵笑，铁棒翻腾自运筹。以一化千千化万，满空乱舞赛飞虬。唬得各洞妖王都闭户，遍山鬼怪尽藏头。神兵怒气云惨惨，金箍铁棒响飕飕。那壁厢，天丁呐喊人人怕；这壁厢，猴怪插旗个个忧。发狠两家齐斗勇，不知那个刚强那个柔。

三太子与悟空各骋神威，斗了个三十回合。那太子六般兵，变做千千万万；孙悟空金箍棒，变作万万千千。半空中似雨点流星，不分胜负。原来悟空手疾眼快，正在那混乱之时，他拔下一根毫毛，叫声：『变！』就变做他的本相，手挺着棒，演着哪吒；他的真身，却一纵，赶至哪吒脑后，着左膊上一棒打来。哪吒正使法间，听得棒头风响，急躲闪时，不能措手，被他着了一下，负痛逃走；收了法，把六件兵器，依旧归身，败阵而回。

那阵上李天王早已看见，急欲提兵助战。不觉太子倏至面前，战兢兢报道：『父王！弼马温真个有本事！孩儿这般法力，也战他不过，已被他打伤膊也。』天王大惊失色道：『这厮恁的神通，如何取胜？』太子道：『他洞门外竖一竿旗，上写「齐天大圣」四字，亲口夸称，教玉帝就封他做齐天大圣，万事俱休；若还不是此号，定要打上灵霄宝殿哩！』天王道：『既然如此，且不要与他相持，且去上界，将此言回奏，再多遣天兵，围捉这厮，未为迟也。』太子负痛，不能复战，故同天王回天启奏不题。

你看那猴王得胜归山，那七十二洞妖王与那六弟兄，俱来贺喜。在洞天福地，饮乐无比。他却对六弟兄说：『小弟既称齐天大圣，你们亦可以大圣称之。』内有牛魔王忽然高叫道：『贤弟言之有理，我即称做个平天大圣。』蛟魔王道：『我称做复海大圣。』鹏魔王道：『我称混天大圣。』狮狏王道：『我称移山大圣。』猕猴王道：『我称通风大圣。』禺狨王道：『我称驱神大圣。』此时七大圣自作自为，自称自号，要乐一日，各散讫。

却说那李天王与三太子领着众将，直至灵霄宝殿，启奏道：『臣等奉圣旨出师下界，收伏妖仙孙悟空，不期他神通广大，不能取胜，仍望万岁添兵剿除。』玉帝道：『谅一妖猴，有多少本事，还要添兵？』太子又近前奏道：『望万岁赦臣死罪！那妖猴使一条铁棒，先败了巨灵神，又打伤臣臂膊。洞门外立一竿旗，上书「齐天大圣」四字，道是封他这官职，即便休兵来投；若不是此官，还要打上灵霄宝殿也。』玉帝闻言，惊讶道：『这妖猴何敢这般狂妄！着众将即刻诛之。』

正说间，班部中又闪出太白金星，奏道：『那妖猴只知出言，不知大小。欲加兵与他争斗，想一时不能收伏，反又劳师。不若万岁大舍恩慈，还降招安旨意，就教他做个齐天大圣。只是加他个空衔，有官无禄便了。』玉帝道：『怎么唤做「有官无禄」？』金星道：『名是齐天大圣，只不与他事管，不与他俸禄，且养在天壤之间，收他的邪心，使不生狂妄，庶乾坤安靖，海宇得清宁也。』玉帝闻言道：『依卿所奏。』即命降了诏书，仍着金星领去。

金星复出南天门，直至花果山水帘洞外观看。这番比前不同，威风凛凛，杀气森森，各样妖精，无般不有。一个个都执剑拈枪，拿刀弄杖的，在那里咆哮跳跃。一见金星，皆上前动手。金星道：『那众头目来！累你去报你大圣知之。吾乃上帝遣来天使，有圣旨在此请他。』

名注齐天意未宁

这巨灵神忽闻此言，急睁睛迎风观看，果见门外竖一高竿，竿上有旌旗一面，上写着『齐天大圣』四大字。

众妖即跑入报道：『外面有一老者，他说是上界天使，有旨意请你。』悟空道：『来得好，来得好！想是前番来的那太白金星。那次请我上界，虽是官爵不堪，却也天上走了一次，认得那天门内外之路。今番又来，定有好意。』教众头目大开旗鼓，摆队迎接。大圣即带引群猴，顶冠贯甲，甲上罩了赭黄袍，足踏云履，急出洞门，躬身施礼，高叫道：『老星请进，恕我失迎之罪！』

金星趋步向前，径入洞内，面南立着道：『今告大圣，前者因大圣嫌恶官小，躲离御马监，当有本监中大小官员奏了玉帝。玉帝传旨道：「凡授官职，皆由卑而尊，为何嫌小？」即有李天王领哪吒下界取战。不知大圣神通，故遭败北，回天奏道：「大圣立一竿旗，要做『齐天大圣』。」众武将还要支吾，是老汉力为大圣冒罪奏闻，免兴师旅，请大王授箓。玉帝准奏，因此来请。』悟空笑道：『前番动劳，今又蒙爱，多谢，多谢！但不知上天可有此「齐天大圣」之官衔也？』金星道：『老汉以此衔奏准，方敢领旨而来；如有不遂，只坐罪老汉便是。』

悟空大喜，恳留饮宴不肯，遂与金星纵着祥云，到南天门外。那些天丁天将，都拱手相迎。径入灵霄殿下。金星拜奏道：『臣奉诏宣弼马温孙悟空已到。』玉帝道：『那孙悟空过来。今宣你做个「齐天大圣」，官品极矣，但切不可胡为。』这猴亦止朝上唱个喏，道声谢恩。玉帝即命工干官张、鲁二班在蟠桃园右首，起一座齐天大圣府，府内设个二司：一名安静司，一名宁神司。司俱有仙吏，左右扶持。又差五斗星君送悟空去到任，外赐御酒二瓶，金花十朵，着他安心定志，再勿胡为。那猴王信受奉行，即日与五斗星君到府，打开酒瓶，同众尽饮。送星官回转本宫，他才遂心满意，喜地欢天，在于天宫快乐，无挂无碍。正是：

仙名永注长生箓，不堕轮回万古传。

毕竟不知向后如何，且听下回分解。

乱蟠桃大圣偷丹

你看那伙人，手软头低，闭眉合眼，丢了执事，都去盹睡。大圣却拿了些百味八珍，佳肴异品，走入长廊里面，就着缸，挨着瓮，放开量，痛饮一番。

第五回　乱蟠桃大圣偷丹　反天宫诸神捉怪

话表齐天大圣到底是个妖猴，更不知官衔品从，也不较俸禄高低，但只注名便了。那齐天府下二司仙吏，早晚伏侍，只知日食三餐，夜眠一榻，无事牵萦，自由自在。闲时节会友游宫，交朋结义。见三清，称个『老』字；逢四帝，道个『陛下』。与那九曜星、五方将、二十八宿、四大天王、十二元辰、五方五老、普天星相、河汉群神，俱只以弟兄相待，彼此称呼。今日东游，明日西荡，云去云来，行踪不定。

一日，玉帝早朝，班部中闪出许旌阳真人，俯囟启奏道：『今有齐天大圣，无事闲游，结交天上众星宿，不论高低，俱称朋友，恐后闲中生事。不若与他一件事管，庶免别生事端。』玉帝闻言，即时宣诏。那猴王欣欣然而至，道：『陛下，诏老孙有何升赏？』玉帝道：『朕见你身闲无事，与你件执事。你且权管那蟠桃园，早晚好生在意。』

大圣欢喜谢恩，朝上唱喏而退。

他等不得穷忙，即入蟠桃园内查勘。本园中有个土地拦住，问道：『大圣何往？』大圣道：『吾奉玉帝点差，代管蟠桃园，今来查勘也。』那土地连忙施礼，即呼那一班锄树力士、运水力士、修桃力士、打扫力士都来见大圣磕头，引他进去。但见那：

夭夭灼灼，颗颗株株：夭夭灼灼花盈树，颗颗株株果压枝。果压枝头垂锦弹，花盈树上簇胭脂。时开时结千年熟，无夏无冬万载迟。先熟的，酡颜醉脸；还生的，带蒂青皮。凝烟肌带绿，映日显丹姿。树下奇葩并异卉，四时不谢色齐齐。左右楼台并馆舍，盈空常见罩云霓。不是玄都凡俗种，瑶池王母自栽培。

大圣看玩多时，问土地道：『此树有多少株数？』土地道：『有三千六百株：前面一千二百株，花微果小，三千年一熟，人吃了成仙了道，体健身轻。中间一千二百株，层花甘实，六千年一熟。人吃了霞举飞升，长生不老。后面一千二百株，紫纹缃核，九千年一熟，人吃了与天地齐寿，日月同庚。』大圣闻言，欢喜无任。当日查明了株树，点看了亭阁，回府。自此后，三五日一次赏玩，也不交友，也不他游。

一日，见那老树枝头，桃熟大半，他心里要吃个尝新。奈何本园土地、力士并齐天府仙吏紧随不便。忽设一计道：『汝等且出门外伺候，让我在这亭上少憩片时。』那众仙果退。只见那猴王脱了冠服，爬上大树，拣那熟透的大桃，摘了许多，就在树枝上自在受用。吃了一饱，却才跳下树来，簪冠着服，唤众等仪从回府。迟三二日，又去设法偷桃，尽他享用。

一朝，王母娘娘设宴，大开宝阁，瑶池中做『蟠桃胜会』，即着那红衣仙女、青衣仙女、素衣仙女、皂衣仙女、紫衣仙女、黄衣仙女、绿衣仙女，各顶花篮，去蟠桃园摘桃建会。七衣仙女直至园门首，只见蟠桃园土地、力士同齐天府二司仙吏，都在那里把门。仙女近前道：『我等奉王母懿旨，到此摘桃设宴。』土地道：『仙娥且住。今岁不比往年了，玉帝点差齐天大圣在此督理，须是报大圣得知，方敢开园。』仙女道：『大圣何在？』土地道：『大圣在园内，因困倦，自家在亭子上睡哩。』仙女道：『既如此，寻他去来，不可迟误。』

土地即与同进。寻至花亭不见，只有衣冠在亭，不知何往。四下里都没寻处。原来大圣要了一会，吃了几个桃子，变做二寸长的个人儿，在那大树梢头浓叶之下睡着了。七衣仙女道：『我等奉旨前来，寻不见大圣，怎敢空回？』旁有仙使道：『仙娥既奉旨来，不必迟疑。我大圣闲游惯了，想是出园会友去了。汝等且去摘桃。我们替你回话便是。』

那仙女依言，入树林之下摘桃。先在前树摘了二篮，又在中树摘了三篮；到后树上摘取，只见那树上花果稀疏，止有几个毛蒂青皮的。原来熟的都是猴王吃了。七仙女张望东西，只见向南枝上止有一个半红半白的桃子。青衣女用手扯下枝来，红衣女摘了，却将枝子望上一放。原来那大圣变化了，正睡在此枝，被他惊醒。大圣即现本相，耳朵里掣出金箍棒，幌一幌，碗来粗细，咄的一声道：『你是那方怪物，敢大胆偷摘我桃！』慌得那七仙女一齐跪下道：『大圣息怒。我等不是妖怪，乃王母娘娘差来的七衣仙女，摘取仙桃，大开宝阁，做「蟠桃胜会」。适至此间，先见了本园土地等神，寻大圣不见。我等恐迟了王母懿旨，是以等不得大圣，故先在此摘桃，万望恕罪。』大圣闻言，回嗔作喜道：『仙娥请起。王母开阁设宴，请的是谁？』仙女道：『上会自有旧规。请的是西天佛老、菩萨、圣僧、罗汉，南方南极观音，东方崇恩圣帝、十洲三岛仙翁，北方北极玄灵，中央黄极黄角大仙，这个是五方五老。还有五斗星君，上八洞三清、四帝、太乙天仙等众，中八洞玉皇、九垒、海岳神仙；下八洞幽冥教主、注世地仙。各宫各殿大小尊神，俱一齐赴蟠桃嘉会。』大圣笑道：『可请我么？』仙女道：『不曾听得说。』大圣道：『我乃齐天大圣，就请我老孙做个席尊，有何不可？』仙女道：『此是上会旧规，今会不知如何。』大圣道：『此言也是，难怪汝等。你且立下，待老孙先去打听个消息，看可请老孙不请。』

好大圣，捻着诀，念声咒语，对众仙女道：『住，住，住！』这原来是个定身法，把那七衣仙女，一个个睖睖睁睁，白着眼，都站在桃树之下。大圣纵朵祥云，跳出园内，竟奔瑶池路上而去。正行时，只见那壁厢：

一天瑞霭光摇曳，五色祥云飞不绝。白鹤声鸣振九皋，紫芝色秀分千叶。中间现出一尊仙，相貌昂然丰采别。神舞虹霓幌汉霄，腰悬宝箓无生灭。名称赤脚大罗仙，特赴蟠桃添寿节。

那赤脚大仙觌面撞见大圣，大圣低头定计，赚哄真仙，他要暗去赴会，却问：『老道何往？』大仙道：『蒙王母见招，去赴蟠桃嘉会。』大圣道：『老道不知。玉帝因老孙筋斗云疾，着老孙五路邀请列位，先至通明殿下演礼，后方去赴宴。』大仙是个光明正大之人，就以他的诳语作真。道：『常年就在瑶池演礼谢恩，如何先去通明殿演礼，方去瑶池赴会？』无奈，只得拨转祥云，径往通明殿去了。

大圣驾着云，念声咒语，摇身一变，就变做赤脚大仙模样，前奔瑶池。不多时，直至宝阁，按住云头，轻轻移步，走入里面。只见那里：

琼香缭绕，瑞霭缤纷。瑶台铺彩结，宝阁散氤氲。凤翥鸾翔形缥缈，金花玉萼影浮沉。上排着九凤丹霞扆，八宝紫霓墩。五彩描金桌，千花碧玉盆。桌上有龙肝和凤髓，熊掌与猩唇。珍馐百味般般美，异果嘉肴色色新。

那里铺设得齐齐整整，却还未有仙来。这大圣点看不尽，忽闻得一阵酒香扑鼻，忽转头，见右壁厢长廊之下，有几个造酒的仙官，盘糟的力士，领几个运水的道人，烧火的童子，在那里洗缸刷瓮，已造成了玉液琼浆，香醪佳酿。大圣止不住口角流涎，就要去吃，奈何那些人都在这里。他就弄个神通，把毫毛拔下几根，丢入口中嚼碎，喷将出去，念声咒语，叫：『变！』即变做几个瞌睡虫，奔在众人脸上。你看那伙人，手软头低，闭眉合眼，丢了执事，都去盹睡。大圣却拿了些百味八珍，佳肴异品，走入长廊里面，就着缸，挨着瓮，放开量，痛饮一番。吃勾了多时，酕醄醉了，自揣自摸道：『不好，不好！再过会，请的客来，却不怪我？一时拿住，怎生是好？不如早回府中睡去也。』

好大圣，摇摇摆摆，仗着酒，任情乱撞，一会把路差了；不是齐天府，却是兜率天宫。一见了，顿然醒悟道：『兜率宫是三十三天之上，乃离恨天太上老君之处，如何错到此间？——也罢，也罢！一向要来望此老，不曾得来，今趁此残步，就望他一望也好。』即整衣撞进去。那里不见老君，四无人迹。原来那老君与燃灯古佛在三层高阁朱陵丹台上讲道，众仙童、仙将、仙官、仙吏，都侍立左右听讲。这大圣直至丹房里面，寻访不遇，但见丹灶之旁，炉中有火。炉左右安放着五个葫芦，葫芦里都是炼就的金丹。大圣喜道：『此物乃仙家之至宝。老孙自了道以来，识破了内外相同之理，也要炼些金丹济人，不期到家无暇；今日有缘，却又撞着此物，趁老子不在，等我吃他几丸尝新。』他就把那葫芦都倾出来，就都吃了，如吃炒豆相似。

一时间丹满酒醒。又自己揣度道：『不好！不好！这场祸，比天还大；若惊动玉帝，性命难存。走，走，走！不如下界为王去也！』他就跑出兜率宫，不行旧路，从西天门，使个隐身法逃去。即按云头，回至花果山界。但见那旌旗闪灼，戈戟光辉，原来是四健将与七十二洞妖王，在那里演习武艺。大圣高叫道：『小的们，我来也！』众怪丢了器械，跪倒道：『大圣好宽心！丢下我等许久，不来相顾！』大圣道：『没多时，没多时！』且说且行，径入洞天深处。四健将打扫安歇，叩头礼拜毕。俱道：『大圣在天这百十年，实受何职？』大圣笑道：『我记得才半年光景，怎么就说百十年话？』健将道：『在天一日，即在下方一年也。』大圣道：『且喜这番玉帝相爱，果封做「齐天大圣」，起一座齐天府，又设安静、宁神二司，司设仙吏侍卫。向后见我无事，着我代管蟠桃园。近因王母娘娘设「蟠桃大会」，未曾请我，是我不待他请，先赴瑶池，把他那仙品、仙酒，都是我偷吃了。走出瑶池，踉踉跄跄误入老君宫阙，又把他五个葫芦金丹也偷吃了。但恐玉帝见罪，方才走出天门来也。』

众怪闻言大喜。即安排酒果接风，将椰酒满斟一石碗奉上。大圣喝了一口，即咨牙倈嘴道：『不好吃！不好吃！』崩、芭二将道：『大圣在天宫，吃了仙酒、仙肴，是以椰酒不甚美口。常言道：「美不美，乡中水。」』大圣道：『你们就是「亲不亲，故乡人」。我今早在瑶池中受用时，见那长廊之下，有许多瓶罐，都是那玉液琼浆。你们都不曾尝着。待我再去偷他几瓶回来，你们各饮半杯，一个个也长生不老。』众猴欢喜不胜。

大圣即出洞门，又翻一筋斗，使个隐身法，径至蟠桃会上。进瑶池宫阙，只见那几个造酒、盘糟、运水、烧火

乱蟠桃大圣偷丹
反天宫诸神捉怪

七仙女张望东西，只见向南枝上止有一个半红半白的桃子。青衣女用手扯下枝来，红衣女摘了，却将枝子望上一放。原来那大圣变化了，正睡在此枝，被他惊醒。

的，还鼾睡未醒。他将大的从左右胁下挟了两个，两手提了两个，即拨转云头回来，会众猴在于洞中，就做个『仙酒会』，各饮了几杯，快乐不题。

却说那七衣仙女自受了大圣的定身法术，一周天方能解脱。各提花篮，回奏王母，说道：『齐天大圣使术法困住我等，故此来迟。』王母问道：『汝等摘了多少蟠桃？』仙女道：『只有两篮小桃，三篮中桃。至后面，大桃半个也无，想都是大圣偷吃了。及正寻问，不期大圣走将出来，行凶拷打，又问设宴请谁。我等把上会事说了一遍，他就定住我等，不知去向。直到如今，才得醒解回来。』

王母闻言，即去见玉帝，备陈前事。说不了，又见那造酒的一班人，同仙官等来奏：『不知甚么人，搅乱了「蟠桃大会」，偷吃了玉液琼浆，其八珍百味，亦俱偷吃了。』又有四个大天师来奏上：『太上道祖来了。』玉帝即同王母出迎。老君朝礼毕，道：『老道宫中，炼了些「九转金丹」，伺候陛下做「丹元大会」，不期被贼偷去，特启陛下知之。』玉帝见奏，悚惧。少时，又有齐天府仙吏叩头道：『孙大圣不守执事，自昨日出游，至今未转，更不知去向。』玉帝又添疑思。只见那赤脚大仙又頫囟上奏道：『臣蒙王母诏昨日赴会，偶遇齐天大圣，对臣言万岁有旨，着他邀臣等先赴通明殿演礼，方去赴会。臣依他言语，即返至通明殿外，不见万岁龙车凤辇，又急来此俟候。』玉帝越发大惊道：『这厮假传旨意，赚哄贤卿，快着纠察灵官缉访这厮踪迹！』

灵官领旨，即出殿遍访，尽得其详细。回奏道：『搅乱天宫者，乃齐天大圣也。』又将前事尽诉一番。玉帝大恼。即差四大天王，协同李天王并哪吒太子，点二十八宿、九曜星官、十二元辰、五方揭谛、四值功曹、东西星斗、南北二神、五岳四渎、普天星相，共十万天兵，布一十八架天罗地网下界，去花果山围困，定捉获那厮处治。众神即时兴师，离了天宫。这一去，但见那：

黄风滚滚遮天暗，紫雾腾腾罩地昏。只为妖猴欺上帝，致令众圣降凡尘。四大天王，五方揭谛：四大天王权总制，五方揭谛调多兵。李托塔中军掌号，恶哪吒前部先锋。罗睺星为头检点，计都星随后峥嵘。太阴星精神抖擞，太阳星照耀分明。五行星偏能豪杰，九曜星最喜相争。元辰星子午卯酉，一个个都是大力天丁。五瘟五岳东西摆，六丁六甲左右行。四渎龙神分上下，二十八宿密层层。角亢氐房为总领，奎娄胃昴惯翻腾。斗牛女虚危室壁，心尾箕星个个能，井鬼柳星张翼轸，轮枪舞剑显威灵。停云降雾临凡世，花果山前扎下营。

诗曰：

天产猴王变化多，偷丹偷酒乐山窝。
只因搅乱蟠桃会，十万天兵布网罗。

当时李天王传了令，着众天兵扎了营，把那花果山围得水泄不通。上下布了十八架天罗地网，先差九曜恶星出战。九曜即提兵径至洞外，只见那洞外大小群猴跳跃顽耍。星官厉声高叫道：『那小妖！你那大圣在那里？我等乃上界差调的天神，到此降你这造反的大圣。教他快快来归降；若道半个「不」字，教汝等一概遭诛！』那小妖慌忙传入道：『大圣，祸事了！祸事了！外面有九个凶神，口称上界差来的天神，收降大圣。』

那大圣正与七十二洞妖王，并四健将分饮仙酒，一闻此报，公然不理道：『「今朝有酒今朝醉，莫管门前是与非。」』说不了，一起小妖又跳来道：『那九个凶神，恶言泼语，在门前骂战哩！』大圣笑道：『莫睬他。「诗酒且图今日乐，功名休问几时成。」』说犹未了，又一起小妖来报：『爷爷！那九个凶神已把门打破，杀进来也！』大圣怒道：『这泼毛神，老大无礼！本待不与他计较，如何上门来欺我？』即命独角鬼王，领帅七十二洞妖王出阵，老孙领四健将随后。那鬼王疾帅妖兵，出门迎敌，却被九曜恶星一齐掩杀，抵住在铁板桥头，莫能得出。

正嚷间，大圣到了。叫一声『开路！』掣开铁棒，幌一幌，碗来粗细，丈二长短，丢开架子，打将出来。九曜星那个敢抵，一时打退。那九曜星立住阵势道：『你这不知死活的弼马温！你犯了十恶之罪，先偷桃，后偷酒，搅乱了蟠桃大会，又窃了老君仙丹，又将御酒偷来此处享乐，你罪上加罪，岂不知之？』大圣笑道：『这几桩事，实有，实有！但如今你怎么？』九曜星道：『吾奉玉帝金旨，帅众到此收降你，快早皈依！免教这些生灵纳命。不然，就蹦平了此山，掀翻了此洞也！』大圣大怒道：『量你这些毛神，有何法力，敢出浪言。不要走，请吃老孙一棒！』这九曜星一齐踊跃。那美猴王不惧分毫，轮起金箍棒，左遮右挡，把那九曜星战得筋疲力软，一个个倒拖器械，败阵而走，急入中军帐下，对托塔天王道：『那猴王果十分骁勇！我等战他不过，败阵来了。』

李天王即调四大天王与二十八宿，一路出师来斗。大圣也公然不惧，调出独角鬼王、七十二洞妖王与四个健将，就于洞门外列成阵势。你看这场混战，好惊人也：

寒风飒飒，怪雾阴阴。那壁厢旌旗飞彩，这壁厢戈戟生辉。滚滚盔明，层层甲亮：滚滚盔明映太阳，如撞天的银磬；层层甲亮砌岩崖，似压地的冰山。大捍刀，飞云掣电，楮白枪，度雾穿云。方天戟，虎眼鞭，麻林摆列；青铜剑，四明铲，密树排阵。弯弓硬弩雕翎箭，短棍蛇矛挟了魂。大圣一条如意棒，翻来覆去战天神。杀得那空中无鸟过，山内虎狼奔；扬砂走石乾坤黑，播土飞尘宇宙昏。只听兵兵扑扑惊天地，煞煞威威振鬼神。

这一场自辰时布阵，混杀到日落西山。那独角鬼王与七十二洞妖怪，尽被众天神捉拿去了，止走了四健将与那群猴，深藏在水帘洞底。这大圣一条棒，抵住了四大天神与李托塔、哪吒太子，俱在半空中，——杀彀多时，大圣见天色将晚，即拔毫毛一把，丢在口中，嚼碎了，喷将出去，叫声『变！』就变了千百个大圣，都使的是金箍棒，打退了哪吒太子，战败了五个天王。

大圣得胜，收了毫毛，急转身回洞，早又见铁板桥头，四个健将，领众叩迎那大圣，哽哽咽咽大哭三声，又唏唏哈哈大笑三声。大圣道：『汝等见了我，又哭又笑，何也？』四健将道：『今早帅众将与天王交战，把七十二洞妖王与独角鬼王，尽被众神捉了，我等逃生，故此该哭；这见大圣得胜回来，未曾伤损，故此该笑。』大圣道：『胜负乃兵家之常。古人云：「杀人一万，自损三千。」况捉了去的头目乃是虎豹、狼虫、獾獐、狐狢之类，我同类者未伤一个，何须烦恼？他虽被我使个分身法杀退，他还要安营在我山脚下。我等且紧紧防守，饱食一顿，安心睡觉，养养精神。天明看我使个大神通，拿这些天将，与众报仇。』四将与众猴将椰酒吃了几碗，安心睡觉不题。

那四大天王收兵罢战，众各报功：有拿住虎豹的，有拿住狮象的，有拿住狼虫狐狢的，更不曾捉着一个猴精。当时果又安辕营，下大寨，赏劳了得功之将，吩咐了天罗地网之兵，各各提铃喝号，围困了花果山，专待明早大战。各

反天宫诸神捉怪

玉帝大恼。即差四大天王，协同李天王并哪吒太子，点二十八宿、九曜星官、十二元辰、五方揭谛、四值功曹、东西星斗、南北二神、五岳四渎、普天星相，共十万天兵，布一十八架天罗地网下界，去花果山围困，定捉获那厮处治。

人得令，一处处谨守。此正是：

妖猴作乱惊天地，布网张罗昼夜看。

毕竟天晓后如何处治，且听下回分解。

观音赴会问原因

菩萨闻言，即命惠岸行者道：『你可快下天宫，到花果山，打探军情如何。如遇相敌，可就相助一功，务必的实回话。』

第六回 观音赴会问原因 小圣施威降大圣

且不言天神围绕，大圣安歇。话表南海普陀落伽山大慈大悲救苦救难灵感观世音菩萨，自王母娘娘请赴蟠桃大会，与大徒弟惠岸行者，同登宝阁瑶池，见那里荒荒凉凉，席面残乱；虽有几位天仙，俱不就座，都在那里乱纷纷讲论。菩萨与众仙相见毕，众仙备言前事。菩萨道：『既无盛会，又不传杯，汝等可跟贫僧去见玉帝。』众仙怡然随往。至通明殿前，早有四大天师、赤脚大仙等众，俱在此迎着菩萨，即道玉帝烦恼，调遣天兵，擒怪未回等因。菩萨道：『我要见见玉帝，烦为转奏。』天师邱弘济，即入灵霄宝殿，启知宣入。时有太上老君在上，王母娘娘在后。

菩萨引众同入里面，与玉帝礼毕，又与老君、王母相见，各坐下，便问：『蟠桃盛会如何？』玉帝道：『每年请会，喜喜欢欢，今年被妖猴作乱，甚是虚邀也。』菩萨道：『妖猴是何出处？』玉帝道：『妖猴乃东胜神洲傲来国花果山石卵化生的。当时生出，即目运金光，射冲斗府。始不介意，继而成精，降龙伏虎，自削死籍。当有龙王、阎王启奏。朕欲擒拿，是长庚星启奏道：「三界之间，凡有九窍者，可以成仙。」朕即施教育贤，宣他上界，封为御马监弼马温官。那厮嫌恶官小，反了天宫。即差李天王与哪吒太子收降，又降诏抚安，宣至上界，就封他做个「齐天大圣」，只是有官无禄。他因没事干管理，东游西荡。朕又恐别生事端，着他代管蟠桃园。他又不遵法律，将老树大桃尽行偷吃。及至设会，他乃无禄人员，不曾请他；他就设计赚哄赤脚大仙，却自变他相貌入会，将仙肴仙酒尽偷吃了，又偷老君仙丹，又偷御酒若干，去与本山众猴享乐。朕心为此烦恼，故调十万天兵，天罗地网收伏。这一日不见回报，不知胜负如何。」菩萨闻言，即命惠岸行者道：『你可快下天宫，到花果山，打探军情如何。如遇相敌，可就相助一功，务必的实回话。』

惠岸行者整整衣裙，执一条铁棍，驾云离阙，径至山前。见那天罗地网，密密层层，各营门提铃喝号，将那山围绕的水泄不通。惠岸立住，叫：『把营门的天丁，烦你传报：我乃李天王二太子木叉，南海观音大徒弟惠岸，特来打探军情。』那营里五岳神兵，即传入辕门之内。早有虚日鼠、昴日鸡、星日马、房日兔，将言传到中军帐下。李天王发下令旗，教开天罗地网，放他进来。此时东方才亮。惠岸随旗进入，见四大天王与李天王下拜。拜讫，李天王道：『孩儿，你自那厢来者？』惠岸道：『愚男随菩萨赴蟠桃会，菩萨见胜会荒凉，瑶池寂寞，引众仙并愚男去见玉帝。玉帝备言父王等下界收伏妖猴，一日不见回报，胜负未知，菩萨因命愚男到此打听虚实。』李天王道：『昨日到此安营下寨，着九曜星挑战，被这厮大弄神通，九曜星俱败走而回。后我等亲自提兵，那厮也排开阵势。我等十万天兵，与他混战至晚，他使个分身法战退。及收兵查勘时，止捉得些狼虫虎豹之类，不曾捉得他半个妖猴。今日还未出战。』

说不了，只见辕门外有人来报道：『那大圣引一群猴精，在外面叫战。』四大天王与李天王并太子正议出兵。木叉道：『父王，愚男蒙菩萨吩咐，下来打探消息，就说若遇战时，可助一功。今不才愿往，看他怎么个大圣！』天王道：『孩儿，你随菩萨修行这几年，想必也有些神通，切须在意。』

好太子，双手轮着铁棍，束一束绣衣，跳出辕门，高叫：『那个是齐天大圣？』大圣挺如意棒，应声道：『老孙便是。你是甚人，辄敢问我？』木叉道：『吾乃李天王第二太子木叉，今在观音菩萨宝座前为徒弟护教，法名惠岸是也。』大圣道：『你不在南海修行，却来此见我做甚？』木叉道：『我蒙师父差来打探军情，见你这般猖獗，特来擒你！』大圣道：『你敢说那等大话！且休走！吃老孙这一棒！』木叉全然不惧，使铁棒劈手相迎。他两个立那半山中，辕门外，这场好斗：

棍虽对棍铁各异，兵纵交兵人不同。一个是太乙散仙呼大圣，一个是观音徒弟正元龙。浑铁棍乃千锤打，六丁六甲运神功；如意棒是天河定，镇海神珍法力洪。两个相逢真对手，往来解数实无穷。这个的阴手棍，万千凶，绕腰贯索疾如风；那个的夹枪棒，不放空，左遮右挡怎相容。那阵上旌旗闪闪，这阵上鼍鼓冬冬。万员天将团团绕，一洞妖猴簇簇丛。怪雾愁云漫地府，狼烟煞气射天宫。临朝混战还犹可，今日争持更又凶。堪羡猴王真本事，木叉复败又逃生。

这大圣与惠岸战经五六十合，惠岸臂膊酸麻，不能迎敌，虚幌一幌，败阵而走。大圣也收了猴兵，安扎在洞门之外。只见天王营门外，大小天兵，接住了太子，让开大路，径入辕门，对四天王、李托塔、哪吒，气哈哈的，喘息未定：『好大圣！好大圣！着实神通广大！孩儿战不过，又败阵而来也！』李天王见了心惊，即命写表求助，便差大力鬼王与木叉太子上天启奏。

小圣施威降大圣

棍虽对棍铁各异，兵纵交兵人不同。一个是太乙散仙呼大圣，
一个是观音徒弟正元龙。浑铁棍乃千锤打，六丁六甲运神功；如意棒
是天河定，镇海神珍法力洪。

二人当时不敢停留，闯出天罗地网，驾起瑞霭祥云。须臾，径至通明殿下，见了四大天师，引至灵霄宝殿，呈上表章。惠岸又见菩萨施礼。菩萨道：『你打探的如何？』惠岸道：『始领命到花果山，叫开天罗地网门，见了父亲，道师父差命之意。父王道：「昨日与那猴王战了一场，止捉得他虎豹狮象之类，更未捉他一个猴精。」正讲间，他又索战，是弟子使铁棍与他战经五六十合，不能取胜，败走回营。父亲因此差大力鬼王同弟子上界求助。』菩萨低头思忖。

却说玉帝拆开表章，见有求助之言，笑道：『叵耐这个猴精，能有多大手段，就敢敌过十万天兵！李天王又来求助，却将那路神兵助之？』言未毕，观音合掌启奏：『陛下宽心，贫僧举一神，可擒这猴。』玉帝道：『所举者何神？』菩萨道：『乃陛下令甥显圣二郎真君，见居灌洲灌江口，享受下方香火。他昔日曾力诛六怪，又有梅山兄弟与帐前一千二百草头神，神通广大。奈他只是听调不听宣，陛下可降一道调兵旨意，着他助力，便可擒也。』玉帝闻言，即传调兵的旨意，就差大力鬼王赍调。

那鬼王领了旨，即驾起云，径至灌江口。不消半个时辰，直至真君之庙。早有把门的鬼判，传报至里道：『外有天使，捧旨而至。』二郎即与众弟兄，出门迎接旨意，焚香开读。旨意上云：

花果山妖猴齐天大圣作乱。因在宫偷桃、偷酒、偷丹，搅乱蟠桃大会，见着十万天兵，一十八架天罗地网，围山收伏，未曾得胜。今特调贤甥同义兄弟即赴花果山助力剿除。成功之后，高升重赏。

真君大喜道：『天使请回，吾当就去拔刀相助也。』鬼王回奏不题。

这真君即唤梅山六兄弟——乃康、张、姚、李四太尉，郭申、直健二将军，聚集殿前道：『适才玉帝调遣我等往花果山收降妖猴，同去去来。』众兄弟俱忻然愿往。即点本部神兵，驾鹰牵犬，搭弩张弓，纵狂风，霎时过了东洋大海，径至花果山。见那天罗地网，密密层层，不能前进，因叫道：『把天罗地网的神将听着：吾乃二郎显圣真君，蒙玉帝调来，擒拿妖猴者，快开营门放行。』一时，各神一层层传入。四大天王与李天王俱出辕门迎接。相见毕，问及胜败之事，天王将上项事备陈一遍。真君笑道：『小圣来此，必须与他斗个变化。列公将天罗地网，不要幔了顶上，只四围紧密，让我赌斗。若我输与他，不必列公相助，我自有兄弟扶持；若赢了他，也不必列公绑缚，我自有兄弟动手。只请托塔天王与我使个照妖镜，住立空中。恐他一时败阵，逃窜他方，切须与我照耀明白，勿走了他。』天王各居四维，众天兵各挨排列阵去讫。

这真君领着四太尉、二将军，连本身七兄弟，出营挑战；分付众将，紧守营盘，收全了鹰犬。众草头神得令。真君只到那水帘洞外，见那一群猴，齐齐整整，排作个蟠龙阵势；中军里，立一竿旗，上书『齐天大圣』四字。真君道：『那泼妖，怎么称得起齐天之职？』梅山六弟道：『且休赞叹，叫战去来。』那营口小猴见了真君，急走去报知。那猴王即掣金箍棒，整黄金甲，登步云履，按一按紫金冠，腾出营门，急睁睛观看，那真君的相貌，果是清奇，打扮得又秀气。真个是：

仪容清俊貌堂堂，两耳垂肩目有光。头戴三山飞凤帽，身穿一领淡鹅黄。缕金靴衬盘龙袜，玉带团花八宝妆。腰挎弹弓新月样，手执三尖两刃枪。斧劈桃山曾救母，弹打棕罗双凤凰。力诛八怪声名远，义结梅山七圣行。心高不认天家眷，性傲归神住灌江。赤诚昭惠英灵圣，显化无边号二郎。

大圣见了，笑嘻嘻的，将金箍棒掣起，高叫道：『你是何方小将，辄敢大胆到此挑战？』真君喝道：『你这厮有眼无珠，认不得我么！吾乃玉帝外甥，敕封昭惠灵显王二郎是也。今蒙上命，到此擒你这反天宫的弼马温猢狲，你还不知死活！』大圣道：『我记得当年玉帝妹子思凡下界，配合杨君，生一男子，曾使斧劈桃山的，是你么？我待要骂你几声，曾奈无甚冤仇；待要打你一棒，可惜了你的性命。你这郎君小辈，可急急回去，唤你四大天王出来。』真君闻言，心中大怒道：『泼猴！休得无礼！吃吾一刃！』大圣侧身躲过，疾举金箍棒，劈手相还。他两个这场好杀：

昭惠二郎神，齐天孙大圣，这个心高欺敌美猴王，那个面生压伏真梁栋。两个乍相逢，各人皆赌兴。从来未识浅和深，今日方知轻与重。铁棒赛飞龙，神锋如舞凤。左挡右攻，前迎后映。这阵上梅山六弟助威风，那阵上马流四将传军令。摇旗擂鼓各齐心，呐喊筛锣都助兴。两个钢刀有见机，一来一往无丝缝。金箍棒是海中珍，变化飞腾能取胜；若还身慢命该休，但要差池为蹭蹬。

真君与大圣斗经三百余合，不知胜负。那真君抖擞神威，摇身一变，变得身高万丈，两只手，举着三尖两刃神锋，好便似华山顶上之峰，青脸獠牙，朱红头发，恶狠狠，望大圣着头就砍。这大圣也使神通，变得与二郎身躯一

样，嘴脸一般，举一条如意金箍棒，却就如昆仑顶上的擎天之柱，抵住二郎神。唬得那马、流元帅，战兢兢，摇不得旌旗；崩、芭二将，虚怯怯，使不得刀剑。这阵上，康、张、姚、李、郭申、直健传号令，撒放草头神，向他那水帘洞外，纵着鹰犬，搭弩张弓，一齐掩杀。可怜冲散妖猴四健将，捉拿灵怪二三千！那些猴，抛戈弃甲，撇剑丢枪；跑的跑，喊的喊；上山的上山，归洞的归洞：好似夜猫惊宿鸟，飞洒满天星。众兄弟得胜不题。

却说真君与大圣变做法天象地的规模，正斗时，大圣忽见本营中妖猴惊散，自觉心慌，收了法象，掣棒抽身就走。真君见他败走，大步赶上道：『那里走？趁早归降，饶你性命！』大圣不恋战，只情跑起。将近洞口，正撞着康、张、姚、李四太尉，郭申、直健二将军，一齐帅众挡住道：『泼猴！那里走！』大圣慌了手脚，就把金箍棒捏做绣花针，藏在耳内，摇身一变，变作个麻雀儿，飞在树梢头钉住。那六兄弟，慌慌张张，前后寻觅不见，一齐吆喝道：『走了这猴精也！走了这猴精也！』

正嚷处，真君到了，问：『兄弟们，赶到那厢不见了？』众神道：『才在这里围住，就不见了。』二郎圆睁凤目观看，见大圣变了麻雀儿，钉在树上，就收了法象，撇了神锋，卸下弹弓，摇身一变，变作个饿鹰儿，抖开翅，飞将去扑打。大圣见了，搜的一翅飞起去，变作一只大鹚老，冲天而去。二郎见了，急抖翎毛，摇身一变，变作一只大海鹤，钻上云霄来嗛。大圣又将身按下，入涧中，变作一个鱼儿，淬入水内。二郎赶至涧边，不见踪迹。心中暗想道：『这猢狲必然下水去也，定变作鱼虾之类。等我再变变拿他。』果一变变作个鱼鹰儿，飘荡在下溜头波面上，等待片时。那大圣变鱼儿，顺水正游，忽见一只飞禽，似青鹞，毛片不青；似鹭鸶，顶上无缨；似老鹳，腿又不红：『想是二郎变化了等我哩！……』急转头，打个花就走。二郎看见道：『打花的鱼儿，似鲤鱼，尾巴不红；似鳜鱼，花鳞不见；似黑鱼，头上无星；似鲂鱼，鳃上无针。他怎么见了我就回去了？必然是那猴变的。』赶上来，刷的啄一嘴。那大圣就撺出水中，一变，变作一条水蛇，游近岸，钻入草中。二郎因嗛他不着，他见水响中，见一条蛇撺出去，认得是大圣，急转身，又变了一只朱绣顶的灰鹤，伸着一个长嘴，与一把尖头铁钳子相似，径来吃这水蛇。水蛇跳一跳，又变做一只花鸨，木木樗樗的，立在蓼汀之上。二郎见他变得低贱——花鸨乃鸟中至贱至淫之物，不拘鸾、凤、鹰、鸦都与交群——故此不去拢傍，即现原身，走将去，取过弹弓拽满，一弹子把他打个跐踵。

那大圣趁着机会，滚下山崖，伏在那里又变，变一座土地庙儿：大张着口，似个庙门；牙齿变做门扇，舌头变做菩萨，眼睛变做窗棂。只有尾巴不好收拾，竖在后面，变做一根旗竿。真君赶到崖下，不见打倒的鸨鸟，只有一间小庙；急睁凤眼，仔细看之，见旗竿立在后面，笑道：『是这猢狲了！他今又在那里哄我。我也曾见庙宇，更不曾见一个旗竿竖在后面的。断是这畜生弄喧，他若哄我进去，他便一口咬住。我怎肯进去？等我掣拳先捣窗棂，后踢门扇！』大圣听得，心惊道：『好狠，好狠！门扇是我牙齿，窗棂是我眼睛；若打了牙，捣了眼，却怎么是好？』扑的一个虎跳，又冒在空中不见。

真君前前后后乱赶，只见四太尉、二将军，一齐拥至道：『兄长，拿住大圣了么？』真君笑道：『那猴儿才自变座庙宇哄我。我正要捣他窗棂，踢他门扇，他就纵一纵，又渺无踪迹。可怪！可怪！』众皆愕然，四望更无形影。真君道：『兄弟们在此看守巡逻，等我上去寻他。』急纵身驾云，起在半空。见那李天王高擎照妖镜，与哪吒住立云端，真君道：『天王，曾见那猴王么？』天王道：『不曾上来。我这里照着他哩。』真君把那赌变化，弄神通，拿群猴一事说毕，却道：『他变庙宇，正打处，就走了。』李天王闻言，又把照妖镜四方一照，呵呵的笑道：『真君，快去！快去！那猴使了个隐身法，走出营围，往你那灌江口去也。』二郎听说，即取神锋，回灌江口来赶。

却说那大圣已到灌江口，摇身一变，变作二郎爷爷的模样，按下云头，径入庙里。鬼判不能相认，一个个磕头迎接。他坐中间，点查香火：见李虎拜还的三牲，张龙许下的保福，赵甲求子的文书，钱丙告病的良愿。正看处，有人报：『又一个爷爷来了。』众鬼判急急观看，无不惊心。真君却道：『有个甚么齐天大圣，才来这里否？』众鬼判道：『不曾见甚么大圣，只有一个爷爷在里面查点哩。』真君撞进门，大圣见了，现出本相道：『郎君不消嚷，庙宇已姓孙了。』这真君即举三尖两刃神锋，劈脸就砍。那猴王使个身法，让过神锋，掣出那绣花针儿，幌一幌，碗来粗细，赶到前，对面相还。两个嚷嚷闹闹，打出庙门，半雾半云，且行且战，复打到花果山，慌得那四大天王等众，提防愈紧。这康、张太尉等迎着真君，合心努力，把那美猴王围绕不题。

话表大力鬼王既调了真君与六兄弟提兵擒魔去后，却上界回奏。玉帝与观音菩萨、王母并众仙卿，正在灵霄殿讲话，道：『既是二郎已去赴战，这一日还不见回报。』观音合掌道：『贫僧请陛下同道祖出南天门外，亲去看看虚

小圣施威降大圣

真君与大圣斗经三百余合，不知胜负。那真君抖搜神威，摇身一变，变得身高万丈，两只手，举着三尖两刃神锋，好便似华山顶上之峰，青脸獠牙，朱红头发，恶狠狠，望大圣着头就砍。

实如何？』玉帝道：『言之有理。』即摆驾，同道祖、观音、王母与众仙卿至南天门。早有些天丁、力士接着，开门遥观，只见众天丁布罗网，围住四面；李天王与哪吒擎照妖镜，立在空中；真君把大圣围绕中间，纷纷赌斗哩。菩萨开口对老君说：『贫僧所举二郎神如何？果有神通，已把那大圣围困，只是未得擒拿。我如今助他一功，决拿住他也。』老君道：『菩萨将甚兵器？怎么助他？』菩萨道：『我将那净瓶杨柳抛下去，打那猴头；即不能打死，也打个一跌，教二郎小圣好去拿他。』老君道：『你这瓶是个磁器，准打着他便好，如打不着他的头，或撞着他的铁棒，却不打碎了？你且莫动手，等我老君助他一功。』菩萨道：『你有甚么兵器？』老君道：『有，有，有。』捋起衣袖，左膊上取下一个圈子，说道：『这件兵器，乃锟钢抟炼的，被我将还丹点成，养就一身灵气，善能变化，水火不侵，又能套诸物；一名「金钢琢」，又名「金钢套」。当年过函关，化胡为佛，甚是亏他。早晚最可防身。等我丢下去打他一下。』话毕，自天门上往下一掼，滴流流，径落花果山营盘里，可可的着猴王头上一下。猴王只顾苦战七圣，却不知天上坠下这兵器，打中了天灵，立不稳脚，跌了一跤，爬将起来就跑；被二郎爷爷的细犬赶上，照腿肚子上一口，又扯了一跌。他睡倒在地，骂道：『这个亡人！你不去妨家长，却来咬老孙！』急翻身爬不起来，被七圣一拥按住，即将绳索捆绑，使勾刀穿了琵琶骨，再不能变化。

那老君收了金钢琢，请玉帝同观音、王母、众仙等，俱回灵霄殿。这下面四大天王与李天王诸神，俱收兵拔寨，近前向小圣贺喜，都道：『此小圣之功也！』小圣道：『此乃天尊洪福，众神威权，我何功之有？』康、张、姚、李道：『兄长不必多叙，且押这厮去上界见玉帝，请旨发落去也。』真君道：『贤弟，汝等未受天箓，不得面见玉帝。教天甲神兵押着，我同天王等上界回旨。你们帅众在此搜山，搜净之后，仍回灌口。待我请了赏，讨了功，回来同乐。』四太尉、二将军，依言领诺。这真君与众即驾云头，唱凯歌，得胜朝天。不多时，到通明殿外。天师启奏道：

『四大天王等众已捉了妖猴齐天大圣了。来此听宣。』玉帝传旨，即命大力鬼王与天丁等众，押至斩妖台，将这厮碎剐其尸。咦！正是：

欺诳今遭刑宪苦，英雄气概等时休。

毕竟不知那猴王性命何如，且听下回分解。

八卦炉中逃大圣

那大圣双手侮着眼，正自揉搓流涕，只听得炉头声响，猛睁睛看见光明，他就忍不住，将身一纵，跳出丹炉，唿喇一声，蹬倒八卦炉，往外就走。

第七回　八卦炉中逃大圣　五行山下定心猿

富贵功名，前缘分定，为人切莫欺心。正大光明，忠良善果弥深。些些狂妄天加谴，眼前不遇待时临。问东君因甚，如今祸害相侵。只为心高图罔极，不分上下乱规箴。

话表齐天大圣被众天兵押去斩妖台下，绑在降妖柱上，刀砍斧剁，枪刺剑刳，莫想伤及其身。南斗星奋令火部众神，放火煨烧，亦不能烧着。又着雷部众神，以雷屑钉打，越发不能伤损一毫。那大力鬼王与众启奏道：『万岁，这大圣不知是何处学得这护身之法，臣等用刀砍斧剁，雷打火烧，一毫不能伤损，却如之何？』玉帝闻言道：『这厮这等，这等……如何处治？』太上老君即奏道：『那猴吃了蟠桃，饮了御酒，又盗了仙丹，我那五壶丹，有生有熟，被他都吃在肚里，运用三昧火，煅成一块，所以浑做金钢之躯，急不能伤。不若与老道领去，放在八卦炉中，以文武火煅炼。炼出我的丹来，他身自为灰烬矣。』玉帝闻言，即教六丁六甲，将他解下，付与老君。老君领旨去讫。一壁厢宣二郎显圣，赏赐金花百朵，御酒百瓶，还丹百粒，异宝明珠，锦绣等件，教与义兄弟分享。真君谢恩，回灌江口不题。

那老君到兜率宫，将大圣解去绳索，放了穿琵琶骨之器，推入八卦炉中，命看炉的道人，架火的童子，将火扇起煅炼。原来那炉是乾、坎、艮、震、巽、离、坤、兑八卦。他即将身钻在『巽宫』位下。巽乃风也，有风则无火。只是风搅得烟来，把一双眼熘红了，弄做个老害病眼，故唤作『火眼金睛』。

真个光阴迅速，不觉七七四十九日，老君的火候俱全。忽一日，开炉取丹。那大圣双手侮着眼，正自揉搓流涕，只听得炉头声响，猛睁睛看见光明，他就忍不住，将身一纵，跳出丹炉，唿喇一声，蹬倒八卦炉，往外就走。慌得那架火、看炉与丁甲一班人来扯，被他一个个都放倒，好似癫痫的白额虎，风狂的独角龙。老君赶上抓一把，被他一捽，捽了个倒栽葱，脱身走了。即去耳中掣出如意棒，迎风幌一幌，碗来粗细，依然拿在手中，不分好歹，却又大乱天宫，打得那九曜星闭门闭户，四天王无影无形。好猴精！有诗为证。诗曰：

混元体正合先天，万劫千番只自然。
渺渺无为浑太乙，如如不动号初玄。
炉中久炼非铅汞，物外长生是本仙。
变化无穷还变化，三皈五戒总休言。

又诗：

一点灵光彻太虚，那条拄杖亦如之。

或长或短随人用，横竖横排任卷舒。

又诗：

猿猴道体配人心，心即猿猴意思深。
大圣齐天非假论，官封弼马是知音。
马猿合作心和意，紧缚牢拴莫外寻。
万相归真从一理，如来同契住双林。

这一番，那猴王不分上下，使铁棒东打西敌，更无一神可挡。只打到通明殿里，灵霄殿外。幸有佑圣真君的佐使王灵官执殿。他看大圣纵横，掣金鞭近前挡住道：『泼猴何往！有吾在此，切莫猖狂！』这大圣不由分说，举棒就打。那灵官鞭起相迎。两个在灵霄殿前厮浑一处。好杀：

赤胆忠良名誉大，欺天诳上声名坏。一低一好幸相持，豪杰英雄同赌赛。铁棒凶，金鞭快，正直无私怎忍耐？这个是太乙雷声应化尊，那个是齐天大圣猿猴怪。金鞭铁棒两家能，都是神宫仙器械。今日在灵霄宝殿弄威风，各展雄才真可爱。一个欺心要夺斗牛宫，一个竭力匡扶玄圣界。苦争不让显神通，鞭棒往来无胜败。

他两个斗在一起，胜败未分，早有佑圣真君又差将佐发文到雷府，调三十六员雷将齐来，把大圣围在垓心，各骋凶恶鏖战。那大圣全无一毫惧色，使一条如意棒，左遮右挡，后架前迎。一时，见那众雷将的刀枪剑戟、鞭简挝锤、钺斧金瓜、旄镰月铲，来的甚紧，他即摇身一变，变做三头六臂；把如意棒幌一幌，变作三条；六只手使开三条棒，好便似纺车儿一般，滴流流，在那垓心里飞舞。众雷神莫能相近。真个是：

圆陀陀，光灼灼，亘古常存人怎学？入火不能焚，入水何曾溺？光明一颗摩尼珠，剑戟刀枪伤不着。也能善，也能恶，眼前善恶凭他作。善时成佛与成仙，恶处披毛并带角。无穷变化闹天宫，雷将神兵不可捉。

当时众神把大圣攒在一处，却不能近身，乱嚷乱斗，早惊动玉帝。遂传旨着游奕灵官同翊圣真君上西方请佛老降伏。

那二圣得了旨，径到灵山胜境，雷音宝刹之前，对四金刚、八菩萨礼毕，即烦转达。众神随至宝莲台下启知，如来召请。二圣礼佛三匝，侍立台下。如来问：『玉帝何事，烦二圣下临？』二圣即启道：『向时花果山产一猴，在那里弄神通，聚众猴搅乱世界。玉帝降招安旨，封为弼马温，他嫌官小反去。当遣李天王、哪吒太子擒拿未获，复招安他，封他齐天大圣，先有官无禄。着他代管蟠桃园，他即偷桃；又走至瑶池，偷肴偷酒，搅乱大会，仗酒又暗入兜率宫，偷老君仙丹，反出天宫。玉帝复遣十万天兵，亦不能收伏。后观世音举二郎真君同他义兄弟追杀，他变化多端，亏老君抛金钢琢打重，二郎方得拿住。解赴御前，即命斩之。刀砍斧剁，火烧雷打，俱不能伤，老君奏准领去，以火煅炼。四十九日开鼎，他却又跳出八卦炉，打退天丁，径入通明殿里，灵霄殿外；被佑圣真君的佐使王灵官挡住苦战，又调三十六员雷将，把他困在垓心，终不能相近。事在紧急，因此，玉帝特请如来救驾。』如来闻诏，即对众菩萨道：『汝等在此稳坐法堂，休得乱了禅位，待我炼魔救驾去来。』

如来即唤阿傩、迦叶二尊者相随，离了雷音，径至灵霄门外。忽听得喊声振耳，乃三十六员雷将围困着大圣哩。佛祖传法旨：『教雷将停息干戈，放开营所，叫那大圣出来，等我问他有何法力。』众将果退。大圣也收了法象，现出原身近前，怒气昂昂，厉声高叫道：『你是那方善士，敢来止住刀兵问我？』如来笑道：『我是西方极乐世界释迦牟尼尊者，南无阿弥陀佛。今闻你猖狂村野，屡反天宫，不知是何方生长，何年得道，为何这等暴横？』大圣道：

『我本：

五行山下定心猿

如来即唤阿傩、迦叶二尊者相随，离了雷音，径至灵霄门外。忽听得喊声振耳，乃三十六员雷将围困着大圣哩。佛祖传法旨：『教雷将停息干戈，放开营所，叫那大圣出来，等我问他有何法力。』众将果退。

天地生成灵混仙，花果山中一老猿。水帘洞里为家业，拜友寻师悟太玄。炼就长生多少法，学来变化广无边。因在凡间嫌地窄，立心端要住瑶天。灵霄宝殿非他久，历代人王有分传。强者为尊该让我，英雄只此敢争先。』

佛祖听言，呵呵冷笑道：『你那厮乃是个猴子成精，焉敢欺心，要夺玉皇上帝龙位？他自幼修持，苦历过一千七百五十劫。每劫该十二万九千六百年。你算，他该多少年数，方能享受此无极大道？你那个初世为人的畜生，如何出此大言！不当人子！不当人子！折了你的寿算！趁早皈依，切莫胡说！但恐遭了毒手，性命顷刻而休，可惜了你的本来面目！』大圣道：『他虽年劫修长，也不应久占在此。常言道：「皇帝轮流做，明年到我家。」只教他搬出去，将天宫让与我便罢了；若还不让，定要搅攘，永不清平！』佛祖道：『你除了长生变化之法，再有何能，敢占天宫胜境？』大圣道：『我的手段多哩！我有七十二般变化，万劫不老长生。会驾筋斗云，一纵十万八千里。如何坐不得天位？』佛祖道：『我与你打个赌赛：你若有本事，一筋斗打出我这右手掌中，算你赢，再不用动刀兵苦争战，就请玉帝到西方居住，把天宫让你；若不能打出手掌，你还下界为妖，再修几劫，却来争吵。』那大圣闻言，暗笑道：『这如来十分好呆！我老孙一筋斗去十万八千里。他那手掌，方圆不满一尺，如何跳不出去？』急发声道：『既如此说，你可做得主张？』佛祖道：『做得！做得！』伸开右手，却似个荷叶大小。

那大圣收了如意棒，抖擞神威，将身一纵，站在佛祖手心里，却道声：『我出去也！』你看他一路云光，无影无形去了。佛祖慧眼观看，见那猴王风车子一般相似不住，只管前进。大圣行时，忽见有五根肉红柱子，撑着一股青气。他道：『此间乃尽头路了。这番回去，如来作证，灵霄宫定是我坐也。』又思量说：『且住！等我留下些记号，方好与如来说话。』拔下一根毫毛，吹口仙气，叫『变！』变作一管浓墨双毫笔，在那中间柱子上写一行大字云：『齐天大圣，到此一游。』写毕，收了毫毛。又不庄尊，却在第一根柱子根下撒了一泡猴尿。翻转筋斗云，径回本处，站在如来掌内道：『我已去，今来了。你教玉帝让天宫与我。』

如来骂道：『我把你这个尿精猴子！你正好不曾离了我掌哩！』大圣道：『你是不知。我去到天尽头，见五根肉红柱，撑着一股青气，我留下记在那里，你敢和我同去看么？』如来道：『不消去，你只自低头看看。』那大圣睁圆火眼金睛，低头看时，原来佛祖右手中指写着『齐天大圣，到此一游。』大指丫里，还有些猴尿臊气，大圣吃了一惊道：『有这等事！有这等事！我将此字写在撑天柱子上，如何却在他手指上？莫非有个未卜先知的法术。我决不信，不信！等我再去来！』

好大圣，急纵身又要跳出，被佛祖翻掌一扑，把这猴王推出西天门外，将五指化作金、木、水、火、土五座联

山，唤名『五行山』，轻轻的把他压住。众雷神与阿傩、迦叶，一个个合掌称扬道：『善哉！善哉！

当年卵化学为人，立志修行果道真。
万劫无移居胜境，一朝有变散精神。
欺天罔上思高位，凌圣偷丹乱大伦。
恶贯满盈今有报，不知何日得翻身。』

如来佛祖殄灭了妖猴，即唤阿傩、迦叶同转西方极乐世界。时有天蓬、天佑急出灵霄宝殿道：『请如来少待，我主大驾来也。』佛祖闻言，回首瞻仰。须臾，果见八景鸾舆，九光宝盖；声奏玄歌妙乐，咏哦无量神章；散宝花，喷真香，直至佛前谢曰：『多蒙大法收殄妖邪，望如来少停一日，请诸仙做一会筵奉谢。』如来不敢违悖，即合掌谢道：『老僧承大天尊宣命来此，有何法力？还是天尊与众神洪福。敢劳致谢？』玉帝传旨，即着雷部众神，分头请三清、四御、五老、六司、七元、八极、九曜、十都、千真万圣，来此赴会，同谢佛恩。又命四大天师、九天仙女，大开玉京金阙、太玄宝宫、洞阳玉馆，请如来高座七宝灵台，调设各班坐位，安排龙肝凤髓，玉液蟠桃。

不一时，那玉清元始天尊、上清灵宝天尊、太清道德天尊、五炁真君、五斗星君、三官四圣、九曜真君、左辅、右弼、天王、哪吒，玄虚一应灵通，对对旌旗，双双幡盖，都捧着明珠异宝，寿果奇花，向佛前拜献曰：『感如来无量法力，收伏妖猴。蒙大天尊设宴呼唤，我等皆来陈谢。请如来将此会立一名，如何？』如来领众神之托曰：『今欲立名，可作个「安天大会」。』各仙老异口同声，俱道：『好个「安天大会」！好个「安天大会」！』言讫，各坐座位，走斝传觞，簪花鼓瑟，果好会也。有诗为证。诗曰：

宴设蟠桃猴搅乱，安天大会胜蟠桃。

龙旗鸾辂祥光蔼，宝节幢幡瑞气飘。
仙乐玄歌音韵美，凤箫玉管响声高。
琼香缭绕群仙集，宇宙清平贺圣朝。

众皆畅然喜会，只见王母娘娘引一班仙子、仙娥、美姬、毛女，飘飘荡荡舞向佛前，施礼曰：『前被妖猴搅乱蟠桃嘉会，请众仙众佛，俱未成功。今蒙如来大法链锁顽猴，喜庆「安天大会」，无物可谢，今是我净手亲摘大株蟠桃数颗奉献。』真个是：

半红半绿喷甘香，艳丽仙根万载长。
堪笑武陵源上种，争如天府更奇强！
紫纹娇嫩寰中少，缃核清甜世莫双。
延寿延年能易体，有缘食者自非常。

佛祖合掌向王母谢讫。王母又着仙姬、仙子唱的唱，舞的舞。满会群仙，又皆赏赞。正是：

缥缈天香满座，缤纷仙蕊仙花。
玉京金阙大荣华，异品奇珍无价。
对对与天齐寿，双双万劫增加。
桑田沧海任更差，他自无惊无讶。

王母正着仙姬仙子歌舞，觥筹交错，不多时，忽又闻得：

一阵异香来鼻嗅，惊动满堂星与宿。天仙佛祖把杯停，各各抬头迎目候。霄汉中间现老人，手捧灵芝飞蔼

五行山下定心猿

妖猴大胆反天宫，却被如来伏手降。
渴饮溶铜捱岁月，饥餐铁弹度时光。
天灾苦困遭磨折，人事凄凉喜命长。
若得英雄重展挣，他年奉佛上西方。

绣。葫芦藏蓄万年丹，宝箓名书千纪寿。洞里乾坤任自由，壶中日月随成就。遨游四海乐清闲，散淡十洲容辐辏。曾赴蟠桃醉几遭，醒时明月还依旧。长头大耳短身躯，南极之方称老寿。

寿星又到。见玉帝礼毕，又见如来，申谢曰：『始闻那妖猴被老君引至兜率宫煅炼，以为必致平安，不期他又反出。幸如来善伏此怪，设宴奉谢，故此闻风而来。更无他物可献，特具紫芝瑶草，碧藕金丹奉上。』诗曰：

碧藕金丹奉释迦，如来万寿若恒沙。
清平永乐三乘锦，康泰长生九品花。
无相门中真法主，色空天上是仙家。
乾坤大地皆称祖，丈六金身福寿赊。

如来欣然领谢。寿星得座，依然走斝传觞。只见赤脚大仙又至。向玉帝前頫囟礼毕，又对佛祖谢道：『深感法力，降伏妖猴。无物可以表敬，特具交梨二颗，火枣数枚奉献。』诗曰：

大仙赤脚枣梨香，敬献弥陀寿算长。
七宝莲台山样稳，千金花座锦般妆。
寿同天地言非谬，福比洪波话岂狂。
福寿如期真个是，清闲极乐那西方。

如来又称谢了。叫阿傩、迦叶，将各所献之物，一一收起，方向玉帝前谢宴。众各酩酊。只见个巡视灵官来报道：『那大圣伸出头来了。』佛祖道：『不妨，不妨。』袖中只取出一张帖子，上有六个金字：『唵嘛呢叭𠺗吽』。递与阿傩，叫贴在那山顶上。这尊者即领帖子，拿出天门，到那五行山顶上，紧紧的贴在一块四方石上。那座山即生根合缝，可运用呼吸之气，手儿爬出，可以摇挣摇挣。阿傩回报道：『已将帖子贴了。』

如来即辞了玉帝众神，与二尊者出天门之外，又发一个慈悲心，念动真言咒语，将五行山，召一尊土地神祇，会同五方揭谛，居住此山监押。但他饥时，与他铁丸子吃；渴时，与他溶化的铜汁饮。待他灾愆满日，自有人救他。正是：

妖猴大胆反天宫，却被如来伏手降。
渴饮溶铜捱岁月，饥餐铁弹度时光。
天灾苦困遭磨折，人事凄凉喜命长。
若得英雄重展挣，他年奉佛上西方。

又诗曰：

伏逞豪强大势兴，降龙伏虎弄乖能。
偷桃偷酒游天府，受箓承恩在玉京。
恶贯满盈身受困，善根不绝气还升。
果然脱得如来手，且待唐朝出圣僧。

毕竟不知向后何年何月，方满灾殃，且听下回分解。

我佛造经传极乐

如来驾住祥云，对众道：『我以甚深般若，遍观三界。根本性原，毕竟寂灭，同虚空相，一无所有。殄伏乖猴，是事莫识，名生死始，法相如是。』说罢，放舍利之光，满空有白虹四十二道，南北通连。

第八回　我佛造经传极乐　观音奉旨上长安

试问禅关，参求无数，往往到头虚老。磨砖作镜，积雪为粮，迷了几多年少？毛吞大海，芥纳须弥，金色头陀微笑。悟时超十地三乘，凝滞了四生六道。谁听得、绝想崖前，无阴树下，杜宇一声春晓？曹溪路险，鹫岭云深，此处故人音杳。千丈冰崖，五叶莲开，古殿帘垂香袅。那时节，识破源流，便见龙王三宝。

这一篇词，名《苏武慢》。话表我佛如来，辞别了玉帝，回至雷音宝刹，但见那三千诸佛、五百阿罗、八大金刚、无边菩萨，一个个都执着幢幡宝盖，异宝仙花，摆列在灵山仙境，娑罗双林之下接迎。如来驾住祥云，对众道：『我以甚深般若，遍观三界。根本性原，毕竟寂灭，同虚空相，一无所有。殄伏乖猴，是事莫识，名生死始，法相如是。』说罢，放舍利之光，满空有白虹四十二道，南北通连。大众见了，皈身礼拜。少顷间，聚庆云彩雾，登上品莲台，端然坐下。那三千诸佛、五百罗汉、八金刚、四菩萨，合掌近前礼毕，问曰：『闹天宫搅乱蟠桃者，何也？』如来道：『那厮乃花果山产的一妖猴，罪恶滔天，不可名状；概天神将，俱莫能降伏；虽二郎捉获，老君用火煅炼，亦莫能伤损。我去时，正在雷将中间，扬威耀武，卖弄精神；被我止住兵戈，问他来历，他言有神通，会变化，又驾筋斗云，一去十万八千里。我与他打了个赌赛，他出不得我手，却将他一把抓住，指化五行山，封压他在那里。玉帝大开金阙瑶宫，请我坐了首席，立安天大会谢我，却方辞驾而回。』大众听言喜悦，极口称扬。谢罢，各分班而退，各执乃事，共乐天真。果然是：

瑞霭漫天竺，虹光拥世尊。西方称第一，无相法王门。常见玄猿献果，麋鹿衔花；青鸾舞，彩凤鸣；灵龟捧寿，仙鹤噙芝。安享净土祇园，受用龙宫法界。日日花开，时时果熟。习静归真，参禅果正。不灭不生，不增不减。烟霞缥缈随来往，寒暑无侵不记年。

诗曰：

去来自在任优游，也无恐怖也无愁。
极乐场中俱坦荡，大千之处没春秋。

佛祖居于灵山大雷音宝刹之间，一日，唤聚诸佛、阿罗、揭谛、菩萨、金刚、比丘僧、尼等众曰：『自伏乖猿安天之后，我处不知年月，料凡间有半千年矣。今值孟秋望日，我有一宝盆，盆中具设百样奇花，千般异果等物，与汝等享此「盂兰盆会」，如何？』概众一个个合掌，礼佛三匝领会。如来却将宝盆中花果品物，着阿傩捧定，着迦叶布散。大众感激，各献诗伸谢。

福诗曰：

福星光耀世尊前，福纳弥深远更绵。
福德无疆同地久，福缘有庆与天连。
福田广种年年盛，福海洪深岁岁坚。
福满乾坤多福荫，福增无量永周全。

禄诗曰：

禄重如山彩凤鸣，禄随时泰祝长庚。
禄添万斛身康健，禄享千钟世太平。
禄俸齐天还永固，禄名似海更澄清。
禄恩远继多瞻仰，禄爵无边万国荣。

寿诗曰：

寿星献彩对如来，寿域光华自此开。
寿果满盘生瑞霭，寿花新采插莲台。
寿诗清雅多奇妙，寿曲调音按美才。
寿命延长同日月，寿如山海更悠哉。

众菩萨献毕。因请如来明示根本，指解源流。那如来微开善口，敷演大法，宣扬正果，讲的是三乘妙典，五蕴《楞严》。但见那天龙围绕，花雨缤纷。正是：

禅心朗照千江月，真性清涵万里天。

如来讲罢，对众言曰：『我观四大部洲，众生善恶，各方不一：东胜神洲者，敬天礼地，心爽气平；北俱芦洲者，虽好杀生，只因糊口，性拙情疏，无多作践；我西牛贺洲者，不贪不杀，养气潜灵，虽无上真，人人固寿；但那南赡部洲者，贪淫乐祸，多杀多争，正所谓口舌凶场，是非恶海。我今有三藏真经，可以劝人为善。』诸菩萨闻言，合掌皈依。向佛前问曰：『如来有那三藏真经？』如来曰：『我有法一藏，谈天；论一藏，说地；经一藏，度鬼。三藏共计三十五部，该一万五千一百四十四卷，乃是修真之经，正善之门。我待要送上东土，叵耐那方众生愚蠢，毁谤真言，不识我法门之旨要，怠慢了瑜迦之正宗。怎么得一个有法力的，去东土寻一个善信，教他苦历千山，询经万水，到我处求取真经，永传东土，劝化众生，却乃是个山大的福缘，海深的善庆。谁肯去走一遭来？』当有观音菩萨，行近莲台，礼佛三匝道：『弟子不才，愿上东土寻一个取经人来也。』诸众抬头观看，那菩萨：

理圆四德，智满金身。缨络垂珠翠，香环结宝明。乌云巧叠盘龙髻，绣带轻飘彩凤翎。碧玉纽，素罗袍，祥光笼罩；锦绒裙，金落索，瑞气遮迎。眉如小月，眼似双星。玉面天生喜，朱唇一点红。净瓶甘露年年盛，斜插垂杨岁岁青。解八难，度群生，大慈悯：故镇太山，居南海，救苦寻声，万称万应，千圣千灵。兰心欣紫竹，蕙性爱香藤。他是落伽山上慈悲主，潮音洞里活观音。

如来见了，心中大喜道：『别个是也去不得，须是观音尊者，神通广大，方可去得。』菩萨道：『弟子此去东土，有甚言语吩咐？』如来道：『这一去，要踏看路道，不许在霄汉中行，须是要半云半雾；目过山水，谨记程途远近之数，叮咛那取经人。但恐善信难行，我与你五件宝贝。』即命阿傩、迦叶，取出『锦襕袈裟』一领，『九环锡杖』一根，对菩萨言曰：『这袈裟、锡杖，可与那取经人亲用。若肯坚心来此，穿我的袈裟，免堕轮回；持我的锡杖，不遭毒害。』这菩萨皈依拜领。如来又取出三个箍儿，递与菩萨道：『此宝唤做「紧箍儿」，虽是一样三个，但只是用各不同。我有「金、紧、禁」的咒语三篇。假若路上撞见神通广大的妖魔，你须是劝他学好，跟那取经人做个徒弟。他若不伏使唤，可将此箍儿与他戴在头上，自然见肉生根。各依所用的咒语念一念，眼胀头痛，脑门皆裂，管教他入我门来。』

那菩萨闻言，踊跃作礼而退。即唤惠岸行者随行。那惠岸使一条浑铁棍，重有千斤，只在菩萨左右，作一个降魔的大力士。菩萨遂将锦襕袈裟，作一个包裹，令他背了。菩萨将金箍藏了，执了锡杖，径下灵山。这一去，有分教：

佛子还来归本愿，金蝉长老裹栴檀。

那菩萨到山脚下，有玉真观金顶大仙在观门首接住，请菩萨献茶。菩萨不敢久停，曰：『今领如来法旨，上东土寻取经人去。』大仙道：『取经人几时方到？』菩萨道：『未定，约摸二三年间，或可至此。』遂辞了大仙，半云半雾，约记程途。有诗为证。诗曰：

万里相寻自不言，却云谁得意难全？
求人忽若浑如此，是我平生岂偶然？
传道有方成妄语，说明无信也虚传。
愿倾肝胆寻相识，料想前头必有缘。

师徒二人正走间，忽然见弱水三千，乃是流沙河界。菩萨道：『徒弟呀，此处却是难行。取经人浊骨凡胎，如何得渡？』惠岸道：『师父，你看河有多远？』那菩萨停立云步看时，只见：

东连沙碛，西抵诸番；南达乌戈，北通鞑靼。径过有八百里遥，上下有千万里远。水流一似地翻身，浪滚却如山耸背，洋洋浩浩，漠漠茫茫，十里遥闻万丈洪。仙槎难到此，莲叶莫能浮。衰草斜阳流曲浦，黄云影日暗长堤。那里得客商来往？何曾有渔叟依栖？平沙无雁落，远岸有猿啼。只是红蓼花蘩知景色，白蘋香细任依依。

菩萨正然点看，只见那河中，泼刺一声响亮，水波里跳出一个妖魔来，十分丑恶。他生得：

青不青，黑不黑，晦气色脸；长不长，短不短，赤脚筋躯。眼光闪烁，好似灶底双灯；口角丫叉，就如屠家火钵。獠牙撑剑刃，红发乱蓬松。一声叱咤如雷吼，两脚奔波似滚风。

那怪物手执一根宝杖，走上岸就捉菩萨，却被惠岸掣浑铁棒挡住，喝声『休走！』那怪物就持宝杖来迎。两个在流沙河边，这一场恶杀，真个惊人：

木叉浑铁棒，护法显神通；怪物降妖杖，努力逞英雄。双条银蟒河边舞，一对神僧岸上冲。那一个威镇流沙施本事，这一个力保观音建大功。那一个翻波跃浪，这一个吐雾喷风。翻波跃浪乾坤暗，吐雾喷风日月昏。那个降妖杖，好便似出山的白虎；这个浑铁棒，却就如卧道的黄龙。那个使将来，寻蛇拨草；这个丢开去，扑鹞分松。只杀得昏漠漠，星辰灿烂；雾腾腾，天地朦胧。那个久住弱水惟他狠，这个初出灵山第一功。

他两个来来往往，战上数十合，不分胜负。那怪物架住了铁棒道：『你是那里和尚，敢来与我抵敌？』木叉道：『我是托塔天王二太子木叉惠岸行者。今保我师父往东土寻取经人去。你是何怪，敢大胆阻路？』那怪方才醒悟道：『我记得你跟南海观音在紫竹林中修行，你为何来此？』木叉道：『那岸上不是我师父？』

怪物闻言，连声喏喏；收了宝杖，让木叉揪了去，见观音纳头下拜。告道：『菩萨，恕我之罪，待我诉告。我不是妖邪，我是灵霄殿下侍銮舆的卷帘大将。只因在蟠桃会上，失手打碎了玻璃盏，玉帝把我打了八百，贬下界来，变得这般模样。又教七日一次，将飞剑来穿我胸胁百余下方回，故此这般苦恼。没奈何，饥寒难忍，三二日间，出波涛

寻一个行人食用；不期今日无知，冲撞了大慈菩萨。』菩萨道：『你在天有罪，即贬下来，今又这等伤生，正所谓罪上加罪。我今领了佛旨，上东土寻取经人。你何不入我门来，皈依善果，跟那取经人做个徒弟，上西天拜佛求经？我教飞剑不来穿你。那时节功成免罪，复你本职，心下如何？』那怪道：『我愿皈正果。』又向前道：『菩萨，我在此间吃人无数，向来有几次取经人来，都被我吃了。凡吃的人头，抛落流沙，竟沉水底。这个水，鹅毛也不能浮。惟有九个取经人的骷髅，浮在水面，再不能沉。我以为异物，将索儿穿在一处，闲时拿来顽耍。这去，但恐取经人不得到此，却不是反误了我的前程也？』菩萨曰：『岂有不到之理？你可将骷髅儿挂在头项下，等候取经人，自有用处。』怪物道：『既然如此，愿领教诲。』菩萨方与他摩顶受戒，指沙为姓，就姓了沙；起个法名，叫做个沙悟净。当时入了沙门，送菩萨过了河，他洗心涤虑，再不伤生，专等取经人。

我佛造经传极乐
观音奉旨上长安

菩萨方与他摩顶受戒，指沙为姓，就姓了沙；起个法名，叫做个沙悟净。当时入了沙门，送菩萨过了河，他洗心涤虑，再不伤生，专等取经人。

菩萨与他别了，同木叉径奔东土。行了多时，又见一座高山，山上有恶气遮漫，不能步上。正欲驾云过山，不觉狂风起处，又闪上一个妖魔。他生得又甚凶险。但见他：

卷脏莲蓬吊搭嘴，耳如蒲扇显金睛。獠牙锋利如钢锉，长嘴张开似火盆。金盔紧系腮边带，勒甲丝绦蟒退鳞。手执钉钯龙探爪，腰挎弯弓月半轮。纠纠威风欺太岁，昂昂志气压天神。

他撞上来，不分好歹，望菩萨举钉钯就筑。被木叉行者挡住，大喝一声道：『那泼怪，休得无礼！看棒！』妖魔道：『这和尚不知死活！看钯！』两个在山底下，一冲一撞，赌斗输赢。真个好杀：

妖魔凶猛，惠岸威能。铁棒分心捣，钉钯劈面迎。播土扬尘天地暗，飞砂走石鬼神惊。九齿钯，光耀耀，双环响喨；一条棒，黑悠悠，两手飞腾。这个是天王太子，那个是元帅精灵；一个在普陀为护法，一个在山洞作妖精。这场相遇争高下，不知那个亏输那个赢。

他两个正杀到好处，观世音在半空中，抛下莲花，隔开钯杖。怪物见了心惊，便问：『你是那里和尚，敢弄甚么眼前花儿哄我？』木叉道：『我把你个肉眼凡胎的泼物！我是南海菩萨的徒弟。这是我师父抛来的莲花，你也不认得哩！』那怪道：『南海菩萨，可是扫三灾救八难的观世音么？』木叉道：『不是他是谁？』怪物撇了钉钯，纳头下礼道：『老兄，菩萨在那里？累烦你引见一引见。』木叉仰面指道：『那不是？』怪物朝上磕头，厉声高叫道：『菩萨，恕罪，恕罪！』

观音按下云头，前来问道：『你是那里成精的野豕，何方作怪的老彘，敢在此间挡我？』那怪道：『我不是野豕，亦不是老彘，我本是天河里天蓬元帅。只因带酒戏弄嫦娥，玉帝把我打了二千锤，贬下尘凡。一灵真性，竟来夺舍投胎，不期错了道路，投在个母猪胎里，变得这般模样。是我咬杀母猪，可死群彘，在此处占了山场，吃人度日。

不期撞着菩萨，万望拔救，拔救。』菩萨道：『此山叫做甚么山？』怪物道：『叫做福陵山。山中有一洞，叫做云栈洞。洞里原有个卵二姐。他见我有些武艺，招我做了家长，又唤做「倒蹅门」。不上一年，他死了，将一洞的家当，尽归我受用。在此日久年深，没有个赡身的勾当，只是依本等吃人度日。万望菩萨恕罪。』菩萨道：『古人云：「若要有前程，莫做没前程。」你既上界违法，今又不改凶心，伤生造孽，却不是二罪俱罚？』那怪道：『前程，前程，若依你，教我嗑风！常言道：「依着官法打杀，依着佛法饿杀。」去也！去也！还不如捉个行人，肥腻腻的吃他家娘！管甚么二罪，三罪，千罪，万罪！』菩萨道：『「人有善愿，天必从之。」汝若肯归依正果，自有养身之处。世有五谷，尽能济饥，为何吃人度日？』

怪物闻言，似梦方觉。向菩萨施礼道：『我欲从正，奈何「获罪于天，无所祷也」！』菩萨道：『我领了佛旨，上东土寻取经人。你可跟他做个徒弟，往西天走一遭来，将功折罪，管教你脱离灾瘴。』那怪满口道：『愿随！愿随！』菩萨才与他摩顶受戒，指身为姓，就姓了猪；替他起个法名，就叫做猪悟能。遂此领命归真，持斋把素，断绝了五荤三厌，专候那取经人。

菩萨却与木叉，辞了悟能，半兴云雾前来。正走处，只见空中有一条玉龙叫唤。菩萨近前问曰：『你是何龙，在此受罪？』那龙道：『我是西海龙王敖闰之子。因纵火烧了殿上明珠，我父王表奏天庭，告了忤逆。玉帝把我吊在空中，打了三百，不日遭诛。望菩萨搭救，搭救。』观音闻言，即与木叉撞上南天门里。早有邱、张二天师接着，问道：『何往？』菩萨道：『贫僧要见玉帝一面。』二天师即忙上奏。玉帝遂下殿迎接。菩萨上前礼毕道：『贫僧领佛旨上东土寻取经人，路遇孽龙悬吊，特来启奏，饶他性命，赐与贫僧，教他与取经人做个脚力。』玉帝闻言，即传旨赦宥，差天将解放，送与菩萨。菩萨谢恩而出。这小龙叩头谢活命之恩，听从菩萨使唤。菩萨把他送在深涧之中，只

观音奉旨上长安

菩萨才与他摩顶受戒，指身为姓，就姓了猪；替他起个法名，就叫做猪悟能。遂此领命归真，持斋把素，断绝了五荤三厌，专候那取经人。

等取经人来，变做白马，上西方立功。小龙领命潜身不题。

菩萨带引木叉行者过了此山，又奔东土。行不多时，忽见金光万道，瑞气千条。木叉道：『师父，那放光之处，乃是五行山了，见有如来的「压帖」在那里。』菩萨道：『此却是那搅乱蟠桃会大闹天宫的齐天大圣，今乃压在此也。』木叉道：『正是，正是。』师徒俱上山来，观看帖子，乃是『唵嘛呢叭咪吽』六字真言。菩萨看罢，叹惜不已，作诗一首，诗曰：

堪叹妖猴不奉公，当年狂妄逞英雄。
欺心搅乱蟠桃会，大胆私行兜率宫。
十万军中无敌手，九重天上有威风。

自遭我佛如来困，何日舒伸再显功！

师徒们正说话处，早惊动了那大圣。大圣在山根下，高叫道：『是那个在山上吟诗，揭我的短哩？』菩萨闻言，径下山来寻看。只见那石崖之下，有土地、山神、监押大圣的天将，都来拜接了菩萨，引至那大圣面前。看时，他原来压于石匣之中，口能言，身不能动。菩萨道：『姓孙的，你认得我么？』大圣睁开火眼金睛，点着头儿高叫道：『我怎么不认得你。你好的是那南海普陀落伽山救苦救难大慈大悲南无观世音菩萨。承看顾！承看顾！我在此度日如年，更无一个相知的来看我一看。你从那里来也？』菩萨道：『我奉佛旨，上东土寻取经人去，从此经过，特留残步看你。』大圣道：『如来哄了我，把我压在此山，五百余年了，不能展挣。万望菩萨方便一二，救我老孙一救！』菩萨道：『你这厮罪业弥深，救你出来，恐你又生祸害，反为不美。』大圣道：『我已知悔了。但愿大慈悲指条门路，情愿修行。』这才是：

人心生一念，天地尽皆知。

善恶若无报，乾坤必有私。

那菩萨闻得此言，满心欢喜。对大圣道：『圣经云：「出其言善，则千里之外应之；出其言不善，则千里之外违之。」你既有此心，待我到了东土大唐国寻一个取经的人来，教他救你。你可跟他做个徒弟，秉教伽持，入我佛门，再修正果，如何？』大圣声声道：『愿去！愿去！』菩萨道：『既有善果，我与你起个法名。』大圣道：『我已有名了，叫做孙悟空。』菩萨又喜道：『我前面也有二人归降，正是「悟」字排行。你今也是「悟」字，却与他相合，甚好，甚好。这等也不消叮嘱，我去也。』那大圣见性明心归佛教，这菩萨留情在意访神僧。

他与木叉离了此处，一直东来，不一日就到了长安大唐国。敛雾收云，师徒们变作两个疥癞游僧，入长安城里。

早不觉天晚。行至大市街旁，见一座土地神祠，二人径入，唬得那土地心慌，鬼兵胆战。知是菩萨，叩头接入。那土地又急跑报与城隍、社令及满长安各庙神祇，都知是菩萨，参见告道：『菩萨，恕众神接迟之罪。』菩萨道：『汝等切不可走漏一毫消息。我奉佛旨，特来此处寻访取经人。借你庙宇，权住几日，待访着真僧即回。』众神各归本处，把个土地赶在城隍庙里暂住，他师徒们隐遁真形。

毕竟不知寻出那个取经人来，且听下回分解。

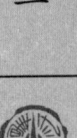

袁守诚妙算无私曲

这泾河龙王也不回水府，只在空中，等到子时前后，收了云头，敛了雾角，径来皇宫门首。此时唐王正梦出宫门之外，步月花阴。忽然龙王变作人相，上前跪拜。

第九回　袁守诚妙算无私曲　老龙王拙计犯天条

诗曰：

都城大国实堪观，八水周流绕四山。
多少帝王兴此处，古来天下说长安。

此单表陕西大国长安城，乃历代帝王建都之地。自周、秦、汉以来，三州花似锦，八水绕城流。三十六条花柳巷，七十二座管弦楼。华夷图上看，天下最为头。真是奇胜之方。今却是大唐太宗文皇帝登基，改元龙集贞观。此时已登极十三年，岁在己巳。且不说他驾前有安邦定国的英豪，与那创业争疆的杰士。

却说长安城外泾河岸边，有两个贤人：一个是渔翁，名唤张稍；一个是樵子，名唤李定。他两个是不登科的进士，能识字的山人。一日，在长安城里，卖了肩上柴，货了篮中鲤，同入酒馆之中，吃了半酣，各携一瓶，顺泾河岸边，徐步而回。张稍道：『李兄，我想那争名的，因名丧体；夺利的，为利亡身；受爵的，抱虎而眠；承恩的，袖蛇而走。算起来，还不如我们水秀山青，逍遥自在；甘淡薄，随缘而过。』李定道：『张兄说得有理。但只是你那水秀，不如我的山青。』张稍道：『你山青不如我的水秀。有一《蝶恋花》词为证。词曰：

烟波万里扁舟小，静依孤篷，西施声音绕。涤虑洗心名利少，闲攀蓼穗蒹葭草。　数点沙鸥堪乐道，柳岸芦湾，妻子同欢笑。一觉安眠风浪俏，无荣无辱无烦恼。』

李定道：『你的水秀，不如我的山青。也有个《蝶恋花》词为证。词曰：

云林一段松花满，默听莺啼，巧舌如调管。红瘦绿肥春正暖，倏然夏至光阴转。　又值秋来容易换，黄花香，堪供玩。迅速严冬如指拈，逍遥四季无人管。』

渔翁道：『你山青不如我水秀，受用些好物。有一《鹧鸪天》为证：

仙乡云水足生涯，摆橹横舟便是家。活剖鲜鳞烹绿鳖，旋蒸紫蟹煮红虾。　青芦笋，水荇芽，菱角鸡头更可夸。娇藕老莲芹叶嫩，慈菇茭白鸟英花。』

樵夫道：『你水秀不如我山青，受用些好物。亦有一《鹧鸪天》为证：

崔巍峻岭接天涯，草舍茅庵是我家。腌腊鸡鹅强蟹鳖，獐犯兔鹿胜鱼虾。　香椿叶，黄楝芽，竹笋山茶更可夸。紫李红桃梅杏熟，甜梨酸枣木樨花。』

渔翁道：『你山青真个不如我的水秀。又有《天仙子》一首：

一叶小舟随所寓，万迭烟波无恐惧。垂钩撒网捉鲜鳞，没酱腻，偏有味，老妻稚子团圆会。　鱼多又货长安市，换得香醪吃个醉。蓑衣当被卧秋江，鼾鼾睡，无忧虑，不恋人间荣与贵。』

樵子道：『你水秀还不如我的山青。也有《天仙子》一首：

茆舍数椽山下盖，松竹梅兰真可爱。穿林越岭觅干柴，没人怪，从我卖，或少或多凭世界。将钱沽酒随心快，瓦钵磁瓯殊自在。酕醄醉了卧松阴，无挂碍，无利害，不管人间兴与败。』

渔翁道：『李兄，你山中不如我水上生意快活。有一《西江月》为证：

红蓼花繁映月，黄芦叶乱摇风。碧天清远楚江空，牵搅一潭星动。　入网大鱼作队，吞钩小鳜成丛。得来烹煮味偏浓，笑傲江湖打哄。』

樵夫道：『张兄，你水上还不如我山中的生意快活。亦有《西江月》为证：

败叶枯藤满路，破梢老竹盈山。女萝干葛乱牵攀，折取收绳杀担。　虫蛀空心榆柳，风吹断头松楠。采来堆积备冬寒，换酒换钱从俺。』

渔翁道：『你山中虽可比过，还不如我水秀的幽雅。有一《临江仙》为证：

潮落旋移孤艇去，夜深罢棹歌来。蓑衣残月甚幽哉，宿鸥惊不起，天际彩云开。　困卧芦洲无个事，三竿日上还捱。随心尽意自安排，朝臣寒待漏，争似我宽怀？』

樵夫道：『你水秀的幽雅，还不如我山青更幽雅。亦有《临江仙》可证：

苍径秋高拽斧去，晚凉抬担回来。野花插鬓更奇哉，拨云寻路出，待月叫门开。　稚子山妻欣笑接，草床木枕捱。蒸梨炊黍旋铺排，瓮中新酿熟，真个壮幽怀！』

渔翁道：『这都是我两个生意，赡身的勾当，你却没有我闲时节的好处。有诗为证，诗曰：

闲看天边白鹤飞，停舟溪畔掩苍扉。
倚篷教子搓钓线，罢棹同妻晒网围。
性定果然知浪静，身安自是觉风微。
绿蓑青笠随时着，胜挂朝中紫绶衣。』

樵夫道：『你那闲时又不如我的闲时好也。亦有诗为证。诗曰：

闲观缥缈白云飞，独坐茅庵掩竹扉。
无事训儿开卷读，有时对客把棋围。
喜来策杖歌芳径，兴到携琴上翠微。
草履麻绦粗布被，心宽强似着罗衣。』

张稍道：『李定，我两个「真是微吟可相狎，不须檀板共金樽。」但散道词章，不为稀罕；且各联几句，看我们渔樵攀话何如？』李定道：『张兄言之最妙。请兄先吟。』

舟停绿水烟波内，家住深山旷野中。偏爱溪桥春水涨，最怜岩岫晓云蒙。龙门鲜鲤时烹煮，虫蛀干柴日燎烘。钓网多般堪赡老，担绳二事可容终。小舟仰卧观飞雁，草径斜敧听唳鸿。口舌场中无我分，是非海内少吾踪。溪边挂晒缯如锦，石上重磨斧似锋。秋月晖晖常独钓，春山寂寂没人逢。鱼多换酒同妻饮，柴剩沽壶共子从。自唱自斟随放荡，长歌长叹任颠风。呼兄唤弟邀船伙，挈友携朋聚野翁。行令猜拳频递盏，拆牌道字漫传钟。烹虾煮蟹朝朝乐，炒鸭爊鸡日日丰。愚妇煎茶情散诞，山妻造饭意从容。晓来举杖淘轻浪，日出担柴过大衢。雨后披蓑擒活鲤，风前弄斧伐枯松。潜踪避世妆痴蠢，隐姓埋名作哑聋。

张稍道：『李兄，我才僭先起句，今到我兄，也先起一联，小弟亦当续之：

风月佯狂山野汉，江湖寄傲老余丁。清闲有分随潇洒，口舌无闻喜太平。月夜身眠茅屋稳，天昏体盖箬蓑轻。忘情结识松梅友，乐意相交鸥鹭盟。名利心头无算计，干戈耳畔不闻声。随时一酌香醪酒，度日三餐野菜羹。两束柴薪为活计，一竿钓线是营生。闲呼稚子磨钢斧，静唤憨儿补旧缯。春到爱观杨柳绿，时融喜看荻芦青。夏天避暑修新竹，六月乘凉摘嫩菱。霜降鸡肥常日宰，重阳蟹壮及时烹。冬来日上还沉睡，数九天高自不蒸。八节山中随放性，四时湖里任陶情。采薪自有仙家兴，垂钓全无世俗形。门外野花香艳艳，船头绿水浪平平。身安不说三公位，性定强如十里城。十里城高防阃令，三公位显听宣声。乐山乐水真是罕，谢天谢地谢神明。

他二人既各道词章，又相联诗句，行到那分路去处，躬身作别。张稍道：『李兄呵，途中保重！上山仔细看虎。假若有些凶险，正是「明日街头少故人」！』李定闻言，大怒道：『你这厮惫懒！好朋友也替得生死，你怎么咒我？我若遇虎遭害，你必遇浪翻江！』张稍道：『我永世也不得翻江。』李定道：『「天有不测风云，人有暂时祸福。」你怎么就保得无事？』张稍道：『李兄，你虽这等说，你还没捉摸；不若我的生意有捉摸，定不遭此等事。』李定道：『你那水面上营生，极凶极险，隐隐暗暗，有甚么捉摸？』张稍道：『你是不晓得。这长安城里，西门街上，有一个卖卦的先生。我每日送他一尾金色鲤，他就与我袖传一课。依方位，百下百着。今日我又去买卦，他教我在泾河湾头东边下网，西岸抛钓，定获满载鱼虾而归。明日上城来，卖钱沽酒，再与老兄相叙。』二人从此叙别。

这正是『路上说话，草里有人』。原来这泾河水府有一个巡水的夜叉，听见了百下百着之言，急转水晶宫，慌忙报与龙王道：『祸事了！祸事了！』龙王问：『有甚祸事？』夜叉道：『臣巡水去到河边，只听得两个渔樵攀话。相别时，言语甚是利害。那渔翁说：长安城里，西门街上，有个卖卦先生，算得最准；他每日送他鲤鱼一尾，他就袖传一课，教他百下百着。若依此等算准，却不将水族尽情打了？何以壮观水府，何以跃浪翻波，辅助大王威力？』龙王甚怒，急提了剑，就要上长安城，诛灭这卖卦的。旁边闪过龙子、龙孙、虾臣、蟹士、鲥军师、鳜少卿、鲤太宰，一齐启奏道：『大王且息怒。常言道：「过耳之言，不可听信。」大王此去，必有云从，必有雨助，恐惊了长安黎庶，上天见责。大王隐显莫测，变化无方，但只变一秀士，到长安城内，访问一番。果有此辈，容加诛灭不迟；若无此辈，可不是妄害他人也？』龙王依奏，遂弃宝剑，也不兴云雨，出岸上，摇身一变，变作一个白衣秀士。真个：

丰姿英伟，耸壑昂霄。步履端祥，循规蹈矩。语言遵孔孟，礼貌体周文。身穿玉色罗襕服，头戴逍遥一字巾。

上路来拽开云步，径到长安城西门大街上。只见一簇人，挤挤杂杂，闹闹哄哄，内有高谈阔论的道：『属龙的本命，属虎的相冲。寅辰巳亥，虽称合局，但只怕的是日犯岁君。』龙王闻言，情知是那卖卜之处。走上前，分开众人，望里观看。只见：

四壁珠玑，满堂绮绣。宝鸭香无断，磁瓶水恁清。两边罗列王维画，座上高悬鬼谷形。端溪砚，金烟墨，相衬着霜毫大笔；火珠林，郭璞数，谨对了台政新经。六爻熟谙，八卦精通。能知天地理，善晓鬼神情。一槃子午安排定，满腹星辰布列清。真个那未来事，过去事，观如月镜；几家兴，几家败，鉴若神明。知凶定吉，断死言生。开谈风雨迅，下笔鬼神惊。招牌有字书名姓，神课先生袁守诚。

此人是谁？原来是当朝钦天监台正先生袁天罡的叔父，袁守诚是也。那先生果然相貌稀奇，仪容秀丽；名扬大国，术冠长安。龙王入门来，与先生相见。礼毕，请龙上坐，童子献茶。先生问曰：『公来问何事？』龙王曰：『请卜天上阴晴事如何。』先生即袖传一课，断曰：『云迷山顶，雾罩林梢。若占雨泽，准在明朝。』龙曰：『明日甚时下雨？雨有多少尺寸？』先生道：『明日辰时布云，巳时发雷，午时下雨，未时雨足，共得水三尺三寸零四十八点。』龙王笑曰：『此言不可作戏。如是明日有雨，依你断的时辰、数目，我送课金五十两奉谢。若无雨，或不按时辰数目，我与你实说：定要打坏你的门面，扯碎你的招牌，即时赶出长安，不许在此惑众！』先生欣然而答：『这个一定任你。请了，请了。明朝雨后来会。』

龙王辞别，出长安，回水府。大小水神接着，问曰：『大王访那卖卦的如何？』龙王道：『有，有，有！但是一个掉嘴口，讨春的先生。我问他几时下雨，他就说明日下雨；问他甚么时辰，甚么雨数，他就说辰时布云，巳时发雷，午时下雨，未时雨足，得水三尺三寸零四十八点。我与他打了个赌赛：若果如他言，送他谢金五十两；如略差

老龙王拙计犯天条

先生即袖传一课，断曰：『云迷山顶，雾罩林梢。若占雨泽，准在明朝。』龙曰：『明日甚时下雨？雨有多少尺寸？』先生道：『明日辰时布云，巳时发雷，午时下雨，未时雨足，共得水三尺三寸零四十八点。』

些，就打破他门面，赶他起身，不许在长安惑众。』众水族笑曰：『大王是八河都总管，司雨大龙神，有雨无雨，惟大王知之；他怎敢这等胡言？那卖卦的定是输了！定是输了！』

此时龙子、龙孙与那鱼卿、蟹士正欢笑谈此事未毕，只听得半空中叫：『泾河龙王接旨。』众抬头上看，是一个金衣力士，手擎玉帝敕旨，径投水府而来。慌得龙王整衣端肃，焚香接了旨。金衣力士回空而去。龙王谢恩，拆封看时，上写着：

敕命八河总，驱雷掣电行；
明朝施雨泽，普济长安城。

旨意上时辰，数目，与那先生判断者毫发不差。唬得那龙王魂飞魄散。少顷苏醒，对众水族曰：『尘世上有此灵人！真个是能通天彻地，却不输与他呵！』鲥军师奏云：『大王放心。要赢他有何难处？臣有小计，管教灭那厮的口嘴。』龙王问计，军师道：『行雨差了时辰，少些点数，就是那厮断卦不准，怕不赢他？那时捽碎招牌，赶他跑路，果何难也？』龙王依他所奏，果不担忧。

至次日，点札风伯、雷伯、云童、电母，直至长安城九霄空上。他挨到那巳时方布云，午时发雷，未时落雨，申时雨止，却只得三尺零四十点：改了他一个时辰，克了他三寸八点。雨后发放众将班师。他又按落云头，还变作白衣秀士，到那西门里大街上，撞入袁守诚卦铺，不容分说，就把他招牌、笔、砚等一齐捽碎。那先生坐在椅上，公然不动。这龙王又轮起门板便打，骂道：『这妄言祸福的妖人，擅惑众心的泼汉！你卦又不灵，言又狂谬！说今日下雨的时辰、点数俱不相对，你还危然高坐，趁早去，饶你死罪！』守诚犹公然不惧分毫，仰面朝天冷笑道：『我不怕！我不怕！我无死罪，只怕你倒有个死罪哩！别人好瞒，只是难瞒我也。我认得你，你不是秀士，乃是泾河龙王。你违了玉帝敕旨，改了时辰，克了点数，犯了天条。你在那「剐龙台」上，恐难免一刀，你还在此骂我？』

龙王见说，心惊胆战，毛骨悚然。急丢了门板，整衣伏礼，向先生跪下道：『先生休怪。前言戏之耳，岂知弄假成真，果然违犯天条，奈何？望先生救我一救！不然，我死也不放你。』守诚曰：『我救你不得，只是指条生路与你投生便了。』龙曰：『愿求指教。』先生曰：『你明日午时三刻，该赴人曹官魏征处听斩。你果要性命，须当急急去告当今唐太宗皇帝方好。那魏征是唐王驾下的丞相，若是讨他个人情，方保无事。』龙王闻言，拜辞含泪而去。不觉红日西沉，太阴星上。但见：

烟凝山紫归鸦倦，远路行人投旅店。渡头新雁宿眭沙，银河现。催更筹，孤村灯火光无焰。风袅炉烟清道院，蝴蝶梦中人不见。月移花影上栏杆，星光乱。漏声换，不觉深沉夜已半。

这泾河龙王也不回水府，只在空中，等到子时前后，收了云头，敛了雾角，径来皇宫门首。此时唐王正梦出宫门之外，步月花阴。忽然龙王变作人相，上前跪拜。口叫『陛下，救我！救我！』太宗云：『你是何人？朕当救你。』龙王云：『陛下是真龙，臣是业龙。臣因犯了天条，该陛下贤臣人曹官魏征处斩，故来拜求，望陛下救我一救！』太宗曰：『既是魏征处斩，朕可以救你。你放心前去。』龙王欢喜，叩谢而去。

却说那太宗梦醒后，念念在心。早已至五鼓三点，太宗设朝，聚集两班文武官员。但见那：

烟笼凤阙，香蔼龙楼，光摇丹扆动，云拂翠华流。君臣相契同尧舜，礼乐威严近汉周。侍臣灯，宫女扇，双双映彩；孔雀屏，麒麟殿，处处光浮。山呼万岁，华祝千秋。静鞭三下响，衣冠拜冕旒。宫花灿烂天香袭，堤柳轻柔御乐讴。珍珠帘，翡翠帘，金钩高控；龙凤扇，山河扇，宝辇停留。文官英秀，武将抖搜。御道分高下，丹墀列品流。金章紫绶乘三象，地久天长万万秋。

众官朝贺已毕，各各分班。唐王闪凤目龙睛，一一从头观看，只见那文官内是房玄龄、杜如晦、徐世勣、许敬宗、王珪等，武官内是马三宝、段志贤、殷开山、程咬金、刘洪纪、胡敬德、秦叔宝等，一个个威仪端肃，却不见魏征丞相。唐王召徐世勣上殿道：『朕夜间得一怪梦，梦见一人，迎面拜谒，口称是泾河龙王，犯了天条，该人曹官魏征处斩，拜告寡人救他，朕已许诺。今日班前独不见魏征，何也？』世勣对曰：『此梦告准，须臾魏征来朝，陛下不要放他出门。过此一日，可救梦中之龙。』唐王大喜，即传旨，着当驾官宣魏征入朝。

却说魏征丞相在府，夜观乾象，正爇宝香，只闻得九霄鹤唳，却是天差仙使，捧玉帝金旨一道，着他午时三刻，梦斩泾河老龙。这丞相谢了天恩，斋戒沐浴，在府中试慧剑，运元神，故此不曾入朝。一见当驾官赍旨来宣，惶惧无任；又不敢违迟君命，只得急急整衣束带，同旨入朝，在御前叩头请罪。唐王出旨道：『赦卿无罪。』那时诸臣尚未退朝，至此，却命卷帘散朝。独留魏征，宣上金銮，召入便殿，先议论安邦之策，定国之谋。将近巳末午初时候，却命宫人，取过大棋来，『朕与贤卿对弈一局。』众嫔妃随取棋枰，铺设御案。魏征谢了恩，即与唐王对弈。

毕竟不知胜负如何，且听下回分解。

二将军宫门镇鬼

君臣两个对弈此棋，正下到午时三刻，一盘残局未终，魏征忽然踏伏在案边，鼾鼾盹睡。

第十回　二将军宫门镇鬼　唐太宗地府还魂

却说太宗与魏征在便殿对弈，一递一着，摆开阵势。正合《烂柯经》云：

博弈之道，贵乎严谨。高者在腹，下者在边，中者在角，此棋家之常法。法曰：『宁输一子，不失一先。击左则视右，攻后则瞻前。有先而后，有后而先。两生勿断，皆活勿连。阔不可太疏，密不可太促。与其恋子以求生，不若弃之而取胜；与其无事而独行，不若固之而自补。彼众我寡，先谋其生；我众彼寡，务张其势。善胜者不争，善阵者不战；善战者不败，善败者不乱。夫棋始以正合，终以奇胜。凡敌无事而自补者，有侵绝之意；弃小而不救者，有图大之心；随手而下者，无谋之人；不思而应者，取败之道。《诗》云：「惴惴小心，如临于谷。」』此之谓也。

诗曰：

棋盘为地子为天，色按阴阳造化全。
下到玄微通变处，笑夸当日烂柯仙。

君臣两个对弈此棋，正下到午时三刻，一盘残局未终，魏征忽然踏伏在案边，鼾鼾盹睡。太宗笑曰：贤卿真是匡扶社稷之心劳，创立江山之力倦，所以不觉盹睡。』太宗任他睡着，更不呼唤。

不多时，魏征醒来，俯伏在地道：『臣该万死！臣该万死！却才晕困，不知所为，望陛下赦臣慢君之罪！』太宗道：『卿有何慢罪？且起来，拂退残棋，与卿从新更着。』魏征谢了恩，却才拈子在手，只听得朝门外大呼小叫。原来是秦叔宝、徐茂功等，将着一个血淋的龙头，掷在帝前，启奏道：『陛下，海浅河枯曾有见，这般异事却无闻。』太宗与魏征起身道：『此物何来？』叔宝、茂功道：『千步廊南，十字街头，云端里落下这颗龙头，微臣不敢不奏。』唐王惊问魏征：『此是何说？』魏征转身叩头道：『是臣才一梦斩的。』唐王闻言，大惊道：『贤卿盹睡之时，又不曾见动身动手，又无刀剑，如何却斩此龙？』魏征奏道：『主公，臣的身在君前，梦离陛下：

身在君前对残局，合眼朦胧；梦离陛下乘瑞云，出神抖搜。那条龙，在剐龙台上，被天兵将绑缚其中。是臣道：「你犯天条，合当死罪。我奉天命，斩汝残生。」龙闻哀苦，臣抖精神。龙闻哀苦，伏爪收鳞甘受死；臣抖精神，撩衣进步举霜锋。扢扠一声刀过处，龙头因此落虚空。』

太宗闻言，心中悲喜不一。喜者：夸奖魏征好臣，朝中有此豪杰，愁甚江山不稳？悲者：谓梦中曾许救龙，不期竟致遭诛。只得强打精神，传旨着叔宝将龙头悬挂市曹，晓谕长安黎庶。一壁厢赏了魏征，众官散讫。

当晚回宫，心中只是忧闷：想那梦中之龙，哭啼啼哀告求生，岂知无常，难免此患。思念多时，渐觉神魂倦怠，身体不安。当夜二更时分，只听得宫门外有号泣之声，太宗愈加惊恐。正朦胧睡间，又见那泾河龙王，手提着一颗血淋淋的首级，高叫：『唐太宗！还我命来，还我命来，你昨夜满口许诺救我，怎么天明时反宣人曹官来斩我？你出来，你出来，我与你到阎君处折辩折辩！』他扯住太宗，再三嚷闹不放。太宗箝口难言，只挣得汗流遍体。正在那难分难解之时，只见正南上香云缭绕，彩雾飘飖，有一个女真人上前，将杨柳枝用手一摆，那没头的龙，悲悲啼啼，径往西北而去。原来这是观音菩萨，领佛旨，上东土，寻取经人，此住长安城都土地庙里，夜闻鬼泣神号，特来喝退业龙，救脱皇帝。那龙径到阴司地狱具告不题。

却说太宗苏醒回来，只叫『有鬼！有鬼！』慌得那三宫皇后，六院嫔妃，与近侍太监，战兢兢，一夜无眠。不觉五更三点，那满朝文武多官，都在朝门外候朝。等到天明，犹不见临朝，唬得一个个惊惧踌躇。及日上三竿，方有旨意出来道：『朕心不快，众官免朝。』不觉倏五七日，众官忧惶，都正要撞门见驾问安，只见太后有旨，召医官入宫用药。众人在朝门等候讨信。少时，医官出来，众问何疾。医官道：『皇上脉气不正，虚而又数，狂言见鬼；又诊得十动一代，五脏无气，恐不讳只在七日之内矣。』众官闻言，大惊失色。

正怆惶间，又听得太后有旨宣徐茂功、护国公、尉迟公见驾。三公奉旨，急入到分宫楼下。拜毕，太宗正色强言道：『贤卿，寡人十九岁领兵，南征北伐，东挡西除，苦历数载，更不曾见半点邪祟，今日却反见鬼！』尉迟公道：『创立江山，杀人无数，何怕鬼乎？』太宗道：『卿是不信。朕这寝宫门外，入夜就抛砖弄瓦，鬼魅呼号，着然难处。白日犹可，昏夜难禁。』叔宝道：『陛下宽心，今晚臣与敬德把守宫门，看有甚么鬼祟。』太宗准奏。茂功谢恩而出。当日天晚，各取披挂，他两个介胄整齐，执金瓜钺斧，在宫门外把守。好将军！你看他怎生打扮：

头戴金盔光烁烁，身披铠甲龙鳞。护心宝镜幌祥云，狮蛮收紧扣，绣带彩霞新。这一个凤眼朝天星斗怕，那一个环睛映电月光浮。他本是英雄豪杰旧勋臣，只落得千年称户尉，万古作门神。

二将军侍立门旁，一夜天晚，更不曾见一点邪祟。是夜，太宗在宫，安寝无事，晓来宣二将军。重重赏劳道：『朕自得疾，数日不能得睡，今夜仗二将军威势甚安。卿且请出安息安息，待晚间再一护卫。』二将谢恩而出。遂此二三夜把守俱安。只是御膳减损，病转觉重。太宗又不忍二将辛苦，又宣叔宝、敬德与杜、房诸公入宫。吩咐道：『这两日朕虽得安，却只难为秦、胡二将军彻夜辛苦。朕欲召巧手丹青，传二将军真容，贴于门上，免得劳他，如何？』众臣即依旨，选两个会写真的，着胡、秦二公，依前披挂，照样画了，贴在门上。夜间也即无事。

如此二三日，又听得后宰门，乒乒乓乓，砖瓦乱响，晓来急宣众臣曰：『连日前门幸喜无事，今夜后门又响，却不又惊杀寡人也！』茂功进前奏道：『前门不安，是敬德、叔宝护卫；后门不安，该着魏征护卫。』太宗准奏。又宣魏征今夜把守后门。征领旨，当夜结束整齐，提着那诛龙的宝剑，侍立在后宰门前，真个的好英雄也！他怎生打扮：

熟绢青巾抹额，锦袍玉带垂腰。兜风氅袖采霜飘，压赛垒荼神貌。脚踏乌靴坐折，手持利刃凶骁。圆睁两眼四边瞧，那个邪神敢到？

一夜通明，也无鬼魅。虽是前后门无事，只是身体渐重。一日，太后又传旨，召众臣商议殡殓后事。太宗又宣徐茂功，吩咐国家大事，叮嘱仿刘蜀主托孤之意。言毕，沐浴更衣，待时而已。旁闪魏征，手扯龙衣，奏道：『陛下宽心，臣有一事，管保陛下长生。』太宗道：『病势已入膏肓，命将危矣，如何保得？』征云：『臣有书一封，进与陛下，捎去到冥司，付酆都判官崔珏。』太宗道：『崔珏是谁？』征云：『崔珏乃是太上先皇帝驾前之臣，先受磁州令，后升礼部侍郎。在日与臣八拜为交，相知甚厚。他如今已死，现在阴司做掌生死文簿的酆都判官，梦中常与臣相会。此去若将此书付与他，他念微臣薄分，必然放陛下回来。管教魂魄还阳世，定取龙颜转帝都。』太宗闻言，接在手中，笼入袖里，遂瞑目而亡。那三宫六院、皇后嫔妃、侍长储君及两班文武，俱举哀戴孝；又在白虎殿上，停着梓宫不题。

却说太宗渺渺茫茫，魂灵径出五凤楼前，只见那御林军马，请大驾出朝采猎。太宗欣然从之，缥渺而去。行多时，人马俱无。独自个散步荒郊草野之间。正惊惶难寻道路，只见那一边，有一人高声大叫道：『大唐皇帝，往这里来！往这里来！』太宗闻言，抬头观看，只见那人：

头顶乌纱，腰围犀角。头顶乌纱飘软带，腰围犀角显金厢。手擎牙笏凝祥霭，身着罗袍隐瑞光。脚踏一双粉底靴，登云促雾；怀揣一本生死簿，注定存亡。鬓发蓬松飘耳上，胡须飞舞绕腮旁。昔日曾为唐国相，如今掌案侍阎王。

唐太宗地府还魂

却说太宗渺渺茫茫，魂灵径出五凤楼前，只见那御林军马，请大驾出朝采猎。太宗欣然从之，缥渺而去。

太宗行到那边，只见他跪拜路旁，口称：『陛下，赦臣失悮远迎之罪！』太宗问曰：『你是何人？因甚事前来接拜？』那人道：『微臣半月前，在森罗殿上，见泾河鬼龙告陛下许救反诛之故，第一殿秦广大王即差鬼使催请陛下，要三曹对案。臣已知之，故来此间候接。不期今日来迟，望乞恕罪，恕罪。』太宗道：『你姓甚名谁？是何官职？』那人道：『微臣存日，在阳曹侍先君驾前，为磁州令，后拜礼部侍郎，姓崔名珏。今在阴司，得受酆都掌案判官。』太宗大喜，近前来御手忙搀道：『先生远劳。朕驾前魏征，有书一封，正寄与先生，却好相遇。』判官谢恩，问书在何处。太宗即向袖中取出递与崔珏。珏拜接了，拆封而看。其书曰：

辱爱弟魏征，顿首书拜大都案契兄崔老先生台下：忆昔交游，音容如在。倏尔数载，不闻清教。常只是遇节令设蔬品奉祭，未卜享否？又承不弃，梦中临示，始知我兄长大人高迁。奈何阴阳两隔，天各一方，不能面觌。今因我太宗文皇帝倏然而故，料是对案三曹，必然得与兄长相会。万祈俯念生日交情，方便一二，放我陛下回阳，殊为爱也。容再修谢。不尽。

那判官看了书，满心欢喜道：『魏人曹前日梦斩老龙一事，臣已早知，甚是夸奖不尽。又蒙他早晚看顾臣的子孙，今日既有书来，陛下宽心，微臣管送陛下还阳，重登玉阙。』太宗称谢了。

二人正说间，只见那边有一对青衣童子，执幢幡宝盖，高叫道：『阎王有请，有请。』太宗遂与崔判官并二童子举步前进。忽见一座城，城门上挂着一面大牌，上写着『幽冥地府鬼门关』七个大金字。那青衣将幢幡摇动，引太宗径入城中，顺街而走。只见那街旁边有先主李渊，先兄建成，故弟元吉，上前道：『世民来了！世民来了！』那建成、元吉就来揪打索命。太宗躲闪不及，被他扯住。幸有崔判官唤一青面獠牙鬼使，喝退了建成、元吉，太宗方得脱身而去。行不数里，见一座碧瓦楼台，真个壮丽。但见：

飘飘万叠彩霞堆，隐隐千条红雾现。耿耿檐飞怪兽头，辉辉瓦叠鸳鸯片。门钻几路赤金钉，槛设一横白玉段。窗牖近光放晓烟，帘栊幌亮穿红电。楼台高耸接青霄，廊庑平排连宝院。兽鼎香云袭御衣，绛纱灯火明宫扇。左边猛烈摆牛头，右下峥嵘罗马面。接亡送鬼转金牌，引魄招魂垂素练。唤作阴司总会门，下方阎老森罗殿。

太宗正在外面观看，只见那壁厢环佩丁当，仙香奇异，外有两对提烛，后面却是十代阎王降阶而至。是那十代阎君：秦广王、初江王、宋帝王、仵官王、阎罗王、平等王、泰山王、都市王、卞城王、转轮王。十王出在森罗宝殿，控背躬身，迎迓太宗。太宗谦下，不敢前行。十王道：『陛下是阳间人王，我等是阴间鬼王，分所当然，何须过让？』太宗道：『朕得罪麾下，岂敢论阴阳人鬼之道？』逊之不已。太宗前行，径入森罗殿上，与十王礼毕，分宾主坐定。约有片时，秦广王拱手而进言曰：『泾河鬼龙告陛下许救而反杀之，何也？』太宗道：『朕曾夜梦老龙求救，实是允他无事；不期他犯罪当刑，该我那人曹官魏征处斩。朕宣魏征在殿着棋，不知他一梦而斩。这是那人曹官出没神机，又是那龙王犯罪当死，岂是朕之过也？』十王闻言，伏礼道：『自那龙未生之前，南斗星死簿上已注定该遭杀于人曹之手，我等早已知之。但只是他在此折辩，定要陛下来此，三曹对案，是我等将他送入轮藏，转生去了。今又有劳陛下降临，望乞恕我催促之罪。』

言毕，命掌生死簿判官：『急取簿子来，看陛下阳寿天禄该有几何？』崔判官急转司房，将天下万国国王天禄总簿，先逐一检阅。只见南赡部洲大唐太宗皇帝注定贞观一十三年。崔判官吃了一惊，急取浓墨大笔，将『一』字上添两画，却将簿子呈上。十王从头看时，见太宗名下注定三十三年，阎王惊问：『陛下登基多少年了？』太宗道：『朕即位，今一十三年了。』阎王道：『陛下宽心勿虑，还有二十年阳寿。此一来已是对案明白，请返本还阳。』太宗闻言，躬身称谢。十阎王差崔判官、朱太尉二人，送太宗还魂。太宗出森罗殿，又起手问十王道：『朕宫中老少安否如何？」十王道：「俱安，但恐御妹寿似不永。」太宗又再拜启谢：「朕回阳世，无物可酬谢，惟答瓜果而已。」十王喜曰：「我处颇有东瓜、西瓜，只少南瓜。」太宗道：「朕回去即送来，即送来。」从此遂相揖而别。

那太尉执一首引魂旛，在前引路。崔判官随后保着太宗，径出幽司。太宗举目而看，不是旧路，问判官曰：「此路差矣？」判官道：「不差。阴司里是这般，有去路，无来路。如今送陛下自「转轮藏」出身：一则请陛下游观地府，一则教陛下转托超生。」太宗只得随他两个，引路前来。

径行数里，忽见一座高山，阴云垂地，黑雾迷空。太宗道：「崔先生，那厢是甚么山？」判官道：「乃幽冥背阴山。」太宗悚惧道：「朕如何去得？」判官道：「陛下宽心，有臣等引领。」太宗战战兢兢，相随二人，上得山岩，抬头观看。只见：

形多凸凹，势更崎岖。峻如蜀岭，高似庐岩。非阳世之名山，实阴司之险地。荆棘丛丛藏鬼怪，石崖磷磷隐邪魔。耳畔不闻兽鸟噪，眼前惟见鬼妖行。阴风飒飒，黑雾漫漫。阴风飒飒，是神兵口内哨来烟；黑雾漫漫，是鬼祟暗中喷出气。一望高低无景色，相看左右尽猖亡。那里山也有，峰也有，岭也有，洞也有，涧也有；只是山不生草，峰不插天，岭不行客，洞不纳云，涧不流水。岸前皆魍魉，岭下尽神魔。洞中收野鬼，涧底隐邪魂。山前山后，牛头马面乱喧呼；半掩半藏，饿鬼穷魂时对泣。催命的判官，急急忙忙传信票；追魂的太尉，吆吆喝喝趱公文。急脚子，旋风滚滚；勾司人，黑雾纷纷。

太宗全靠着那判官保护，过了阴山。

前进又历了许多衙门，一处处俱是悲声振耳，恶怪惊心。太宗又道：「此是何处？」判官道：「此是阴山背后

「一十八层地狱」。』太宗道：『是那十八层？』判官道：『你听我说：

吊筋狱、幽枉狱、火坑狱，寂寂寥寥，烦烦恼恼，尽皆是生前作下千般业，死后通来受罪名。酆都狱、拔舌狱、剥皮狱，哭哭啼啼，凄凄惨惨，只因不忠不孝伤天理，佛口蛇心堕此门。磨捱狱、碓捣狱、车崩狱，皮开肉绽，抹嘴咨牙，乃是瞒心昧己不公道，巧语花言暗损人。寒冰狱、脱壳狱、抽肠狱，垢面蓬头，愁眉皱眼，都是大斗小秤欺痴蠢，致使灾屯累自身。油锅狱、黑暗狱、刀山狱，战战兢兢，悲悲切切，皆因强暴欺良善，藏头缩颈苦伶仃。血池狱、阿鼻狱、秤杆狱，脱皮露骨，折臂断筋，也只为谋财害命，宰畜屠生，堕落千年难解释，沉沦永世不翻身。一个个紧缚牢拴，绳缠索绑。差些赤发鬼、黑脸鬼，长枪短剑；牛头鬼、马面鬼，铁简铜锤。只打得皱眉苦面血淋淋，叫地叫天无救应。——正是人生却莫把心欺，神鬼昭彰放过谁？善恶到头终有报，只争来

唐太宗地府还魂

众鬼闻言，得了金银，俱唯唯而退。判官令太尉摇动引魂幡，领太宗出离了枉死城中，奔上平阳大路，飘飘荡荡而去。

早与来迟。』

太宗听说，心中惊惨。进前又走不多时，见一伙鬼卒，各执幢幡，路旁跪下道：『桥梁使者来接。』判官喝令起去，上前引着太宗，从金桥而过。太宗又见那一边有一座银桥，桥上行几个忠孝贤良之辈，公平正大之人，亦有幢幡接引；那壁厢又有一桥，寒风滚滚，血浪滔滔，号泣之声不绝。太宗问道：『那座桥是何名色？』判官道：『陛下，那叫做奈河桥。若到阳间，切须传记。那桥下都是些：

奔流浩浩之水，险峻窄窄之路。俨如匹练搭长江，却似火坑浮上界。阴气逼人寒透骨，腥风扑鼻味钻心。波翻浪滚，往来并没渡人船；赤脚蓬头，出入尽皆作业鬼。桥长数里，阔只三皾。高有百尺，深却千重。上无扶手栏杆，下有抢人恶怪。枷杻缠身，打上奈河险路。你看那桥边神将甚凶顽，河内孽魂真苦恼。桠杈树上，挂的是青红黄紫色丝衣；壁斗崖前，蹲的是毁骂公婆淫泼妇。铜蛇铁狗任争餐，永堕奈河无出路。』

诗曰：

时闻鬼哭与神号，血水浑波万丈高。
无数牛头并马面，狰狞把守奈河桥。

正说间，那几个桥梁使者，早已回去了。太宗心又惊惶，点头暗叹，默默悲伤，相随着判官、太尉，早过了奈河恶水，血盆苦界。前又到枉死城，只听哄哄人嚷，分明说：『李世民来了！李世民来了！』太宗听叫，心惊胆战。见一伙拖腰折臂、有足无头的鬼魅，上前拦住，都叫道：『还我命来！还我命来！』慌得那太宗藏藏躲躲，只叫『崔先生救我！崔先生救我！』判官道：『陛下，那些人都是那六十四处烟尘，七十二处草寇，众王子、众头目的鬼魂；尽是枉死的冤业，无收无管，不得超生，又无钱钞盘缠，都是孤寒饿鬼。陛下得些钱钞与他，我才救得哩。』太宗道：『寡人空身到此，却那里得有钱钞？』判官道：『陛下，阳间有一人，金银若干，在我这阴司里寄放。陛下可出名立一约，小判可作保，且借他一库，给散这些饿鬼，方得过去。』太宗问曰：『此人是谁？』判官道：『他是河南开封府人氏，姓相名良。他有十三库金银在此。陛下若借用过他的，到阳间还他便了。』太宗甚喜，情愿出名借用。遂立了文书与判官，借他金银一库，着太尉尽行给散。判官复吩咐道：『这些金银，汝等可均分用度，放你大唐爷爷过去。他的阳寿还早哩。我领了十王钧语，送他还魂，教他到阳间做一个水陆大会，度汝等超生，再休生事。』众鬼闻言，得了金银，俱唯唯而退。判官令太尉摇动引魂幡，领太宗出离了枉死城中，奔上平阳大路，飘飘荡荡而去。

毕竟不知从那条路出身，且听下回分解。

还受生唐王遵善果

刘全又不忍见，无奈，遂舍了性命，弃了家缘，撇了儿女，情愿以死进瓜，将皇榜揭了，来见唐王。王传旨意，教他去金亭馆里，头顶一对南瓜，袖带黄钱，口噙药物。

第十一回 还受生唐王遵善果 度孤魂萧瑀正空门

诗曰：

百岁光阴似水流，一生事业等浮沤。
昨朝面上桃花色，今日头边雪片浮。
白蚁阵残方是幻，子规声切想回头。
古来阴骘能延寿，善不求怜天自周。

却说唐太宗随着崔判官、朱太尉，自脱了冤家债主，前进多时，却来到『六道轮回』之所，又见那腾云的，身披霞帔；受箓的，腰挂金鱼；僧尼道俗，走兽飞禽，魑魅魍魉，滔滔都奔走那轮回之下，各进其道。唐王问曰：『此意何如？』判官道：『陛下明心见性，是必记了，传与阳间人知。这唤做「六道轮回」：行善的，升化仙道；尽忠的，超生贵道；行孝的，再生福道；公平的，还生人道；积德的，转生富道；恶毒的，沉沦鬼道。』唐王听说，点头叹曰：

善哉真善哉！作善果无灾！
善心常切切，善道大开开。
莫教兴恶念，是必少刁乖。
休言不报应，神鬼有安排。

判官送唐王直至那『超生贵道门』，拜呼唐王道：『陛下呵，此间乃出头之处，小判告回，着朱太尉再送一程。』唐王谢道：『有劳先生远踄。』判官道：『陛下到阳间，千万做个水陆大会，超度那无主的冤魂，切勿忘了。若是阴司里无报怨之声，阳世间方得享太平之庆。凡百不善之处，俱可一一改过。普谕世人为善，管教你后代绵长，江山永固。』唐王一一准奏，辞了崔判官，随着朱太尉，同入门来。那太尉见门里有一匹海骝马，鞍鞴齐备，急请唐王上马，太尉左右扶持。马行如箭，早到了渭水河边，只见那水面上有一对金色鲤鱼在河里翻波跳斗。唐王见了心喜，兜马贪看不舍。太尉道：『陛下，趱动些，趁早赶时辰进城去也。』那唐王只管贪看，不肯前行，被太尉撮着脚，高呼道：『还不走，等甚！』扑的一声，望那渭河推下马去，却就脱了阴司，径回阳世。

却说那唐朝驾下有徐茂功、秦叔宝、胡敬德、段志贤、马三宝、程咬金、高士廉、李世勣、房玄龄、杜如晦、萧瑀、傅奕、张道源、张士衡、王珪等两班文武，俱保着那东宫太子与皇后、嫔妃、宫娥、侍长，都在那白虎殿上举哀。一壁厢议传哀诏，要晓谕天下，欲扶太子登基。时有魏征在旁道：『列位且住。不可！不可！假若惊动州县，恐生不测。且再按候一日，我主必还魂也。』下边闪上许敬宗道：『魏丞相言之甚谬。自古云：「泼水难收，人逝不返。」你怎么还说这等虚言，惑乱人心，是何道理！』魏征道：『不瞒许先生说，下官自幼得授仙术，推算最明，管取陛下不死。』

正讲处，只听得棺中连声大叫道：『渰杀我耶！渰杀我耶！』唬得个文官武将心慌，皇后嫔妃胆战。一个个：

面如秋后黄桑叶，腰似春前嫩柳条。储君脚软，难扶丧杖尽哀仪；侍长魂飞，怎戴梁冠遵孝礼？嫔妃打跌，彩女欹斜；嫔妃打跌，却如狂风吹倒败芙蓉；彩女欹斜，好似骤雨冲歪娇菡萏。众臣悚惧，骨软筋麻。战战兢兢，痴痴痖痖。把一座白虎殿却像断梁桥；闹丧台就如倒塌寺。

此时众宫人走得精光，那个敢近灵扶柩。多亏了正直的徐茂功，凛烈的魏丞相，有胆量的秦琼，忒猛撞的敬德，上前来扶着棺材，叫道：『陛下有甚么放不下心处，说与我等，不要弄鬼，惊骇了眷族。』魏征道：『不是弄鬼，此乃陛下还魂也。快取器械来！』打开棺盖，果见太宗坐在里面。还叫：『渰死我了！是谁救捞？』茂功等上前扶起道：『陛下苏醒莫怕，臣等都在此护驾哩。』唐王方才开眼道：『朕适才好苦：躲过阴司恶鬼难，又遭水面丧身灾。』众臣道：『陛下宽心勿惧，有甚水灾来？』唐王道：『朕骑着马，正行至渭水河边，见双头鱼戏；被朱太尉欺心，将朕推下马来，跌落河中，几乎渰死。』魏征道：『陛下鬼气尚未解。』急着太医院进安神定魄汤药，又安排粥膳。连服一二次，方才反本还原，知得人事。——计唐王死去，已三昼夜，复回阳间为君。诗曰：

万古江山几变更，历来数代败和成。
周秦汉晋多奇事，谁似唐王死复生？

当日天色已晚，众臣请王归寝，各各散讫。次早，脱却孝衣，换了彩服，一个个红袍乌帽，一个个紫绶金章，在那朝门外等候宣召。

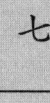

却说太宗自服了安神定魄之剂，连进了数次粥汤，被众臣扶入寝室，一夜稳睡，保养精神，直至天明方起，抖擞威仪，你看他怎生打扮：

戴一顶冲天冠，穿一领赭黄袍。系一条蓝田碧玉带，踏一对创业无忧履。貌堂堂，赛过当朝；威烈烈，重兴今日。好一个清平有道的大唐王，起死回生的李陛下！

唐王上金銮宝殿，聚集两班文武，山呼已毕，依品分班。只听得传旨道：『有事出班来奏，无事退朝。』那东厢闪过徐茂功、魏征、王珪、杜如晦、房玄龄、袁天罡、李淳风、许敬宗等；西厢闪过殷开山、刘洪基、马三宝、段志贤、程咬金、秦叔宝、胡敬德、薛仁贵等：一齐上前，在白玉阶前，俯伏启奏道：『陛下前朝一梦，如何许久方觉？』太宗道：『日前接得魏征书，朕觉神魂出殿，只见羽林军请朕出猎。正行时，人马无踪，又见那先君父王与先兄弟争嚷。正难解处，见一人乌帽皂袍，乃是判官崔珏，喝退先兄弟。朕将魏征书传递与他。正看时，又见青衣者，执幢幡，引朕入内，到森罗殿上，与十代阎王叙坐。他说那泾河龙诬告我许救转杀之事，是朕将前言陈具一遍。他说已三曹对过案了，急命取生死文簿，检看我的阳寿。时有崔判官传上簿子。阎王看了道，寡人有三十三年天禄，才过得一十三年，还该我二十年阳寿，即着朱太尉、崔判官，送朕回来。朕与十王作别，允了送他瓜果谢恩。自出了森罗殿，见那阴司里，不忠不孝，非礼非义，作践五谷，明欺暗骗，大斗小秤，奸盗诈伪，淫邪欺罔之徒，受那些磨烧舂锉之苦，煎熬吊剥之刑，有千千万万，看之不足。又过着枉死城中，有无数的冤魂，尽都是六十四处烟尘的草寇，七十二处叛贼的魂灵，挡住了朕之来路。幸亏崔判官作保，借得河南相老儿的金银一库，买转鬼魂，方得前行。崔判官教朕回阳世，千万作一场水陆大会，超度那无主的孤魂，将此言叮咛分别。出了那六道轮回之下，有朱太尉请朕上

还受生唐王遵善果

却说太宗又传旨赦天下罪人，又查狱中重犯。时有审官将刑部绞斩罪人，查有四百余名呈上。太宗放赦回家，拜辞父母兄弟，托产与亲戚子侄，明年今日赴曹，仍领应得之罪。

马。飞也相似行到渭水河边，我看见那水面上有双头鱼戏。正欢喜处，他将我撮着脚，推下水中，朕方得还魂也。』众臣闻此言，无不称贺，遂此编行传报，天下各府县官员，上表称庆不题。

却说太宗又传旨赦天下罪人，又查狱中重犯。时有审官将刑部绞斩罪人，查有四百余名呈上。太宗放赦回家，拜辞父母兄弟，托产与亲戚子侄，明年今日赴曹，仍领应得之罪。众犯谢恩而退。又出恤孤榜文，又查宫中老幼彩女共有三千人，出旨配军。自此，内外俱善。有诗为证，诗曰：

大国唐王恩德洪，道过尧舜万民丰。
死囚四百皆离狱，怨女三千放出宫。
天下多官称上寿，朝中众宰贺元龙。

善心一念天应佑，福荫应传十七宗。

太宗既放宫女，出死囚已毕；又出御制榜文，遍传天下。榜曰：

乾坤浩大，日月照鉴分明；宇宙宽洪，天地不容奸党。使心用术，果报只在今生；善布浅求，获福休言后世。千般巧计，不如本分为人；万种强徒，怎似随缘节俭。心行慈善，何须努力看经？意欲损人，空读如来一藏！

自此时，盖天下无一人不行善者。一壁厢又出招贤榜，招人进瓜果到阴司里去；一壁厢将宝藏库金银一库，差鄂国公胡敬德上河南开封府，访相良还债。榜张数日，有一赴命进瓜果的贤者，本是均州人，姓刘名全，家有万贯之资。只因妻李翠莲在门首拔金钗斋僧，刘全骂了他几句，说他不遵妇道，擅出闺门。李氏忍气不过，自缢而死。撇下一双儿女年幼，昼夜悲啼。刘全又不忍见，无奈，遂舍了性命，弃了家缘，撇了儿女，情愿以死进瓜，将皇榜揭了，来见唐王。王传旨意，教他去金亭馆里，头顶一对南瓜，袖带黄钱，口噙药物。

那刘全果服毒而死——一点魂灵，顶着瓜果，早到鬼门关上。把门的鬼使喝道：『你是甚人，敢来此处？』刘全道：『我奉大唐太宗皇帝钦差，特进瓜果与十代阎王受用的。』那鬼使欣然接引。刘全径至森罗宝殿，见了阎王，将瓜果进上道：『奉唐王旨意，远进瓜果，以谢十王宽宥之恩。』阎王大喜道：『好一个有信有德的太宗皇帝！』遂此收了瓜果。便问那进瓜的人姓名，那方人氏。刘全道：『小人是均州城民籍，姓刘名全。因妻李氏缢死，撇下儿女，无人看管，小人情愿舍家弃子，捐躯报国，特与我王进贡瓜果，谢众大王厚恩。』十王闻言，即命查勘刘全妻李氏。那鬼使速取来在森罗殿下，与刘全夫妻相会。诉罢前言，回谢十王恩宥。那阎王却检生死簿子看时，他夫妻们都有登仙之寿，急差鬼使送回。鬼使启上道：『李翠莲归阴日久，尸首无存，魂将何附？』阎王道：『唐御妹李玉英，今该促死；你可借他尸首，教他还魂去也。』那鬼使领命，即将刘全夫妻二人还魂。带定出了阴司，那阴风绕绕，径到了长安大国，将刘全的魂灵，推入金亭馆里；将翠莲的灵魂，带进皇宫内院。只见那玉英宫主，正在花阴下，徐步绿苔而行，被鬼使扑个满怀，推倒在地，活捉了他魂；却将翠莲的魂灵，推入玉英身内。鬼使回转阴司不题。

却说宫院中的大小侍婢，见玉英跌死，急走金銮殿，报与三宫皇后道：『宫主娘娘跌死也！』皇后大惊，随报太宗。太宗闻言，点头叹曰：『此事信有之也。朕曾问十代阎君：「老幼安乎？」他道：「俱安；但恐御妹寿促。」果中其言。』合宫人都来悲切，尽到花阴下看时，只见那宫主微微有气。唐王道：『莫哭！莫哭！休惊了他。』遂上前将御手扶起头来，叫道：『御妹苏醒苏醒。』那宫主忽的翻身，叫：『丈夫慢行，等我一等！』太宗道：『御妹，是我等在此。』宫主抬头睁眼观看道：『你是谁人，敢来扯我？』太宗道：『是你皇兄、皇嫂。』宫主道：『我那里得个甚么皇兄、皇嫂！我娘家姓李，我的乳名唤做李翠莲；我丈夫姓刘名全。两口儿都是均州人氏。因为我三个月前，拔金钗在门首斋僧，我丈夫怪我擅出内门，不遵妇道，骂了我几句，是我气塞胸膛，将白绫带悬梁缢死，撇下一双儿女，昼夜悲啼。今因我丈夫被唐王钦差，赴阴司进瓜果，阎王怜悯，放我夫妻回来。他在前走。因我来迟，赶不上他，我绊了一跌。你等无礼！不知姓名，怎敢扯我！』太宗闻言，与众宫人道：『想是御妹跌昏了，胡说哩。』传旨教太医院进汤药，将玉英扶入宫中。

唐王当殿，忽有当驾官奏道：『万岁，今有进瓜果人刘全还魂，在朝门外等旨。』唐王大惊，急传旨，将刘全召进，俯伏丹墀。太宗问道：『进瓜果之事何如？』刘全道：『臣顶瓜果，径至鬼门关，引上森罗殿，见了那十代阎君，将瓜果奉上，备言我王殷勤致谢之意。阎君甚喜，多多拜上我王道：「真是个有信有德的太宗皇帝！」』唐王道：『你在阴司见些甚么来？』刘全道：『臣不曾远行，没见甚的，只闻得阎王问臣乡贯、姓名。臣将弃家舍子，因妻缢死，愿来进瓜之事，说了一遍。他急差鬼使，引过我妻，就在森罗殿下相会。一壁厢又检看死生文簿，说我夫妻都有登仙之寿，便差鬼使送回。臣在前走，我妻后行，幸得还魂。但不知妻投何所。』唐王惊问道：『那阎王可曾说你妻甚么？』刘全道：『阎王不曾说甚么，只听得鬼使说：「李翠莲归阴日久，尸首无存。」阎王道：「唐御妹李玉英今该促死，教翠莲即借玉英尸还魂去罢。」臣不知「唐御妹」是甚地方，家居何处，我还未曾得去找寻哩。』

唐王闻奏，满心欢喜，当对多官道：『朕别阎君，曾问宫中之事，他言老幼俱安，但恐御妹寿促。却才御妹玉英，花阴下跌死，朕急扶看，须臾苏醒，口叫「丈夫慢行，等我一等！」朕只道是他跌昏了胡言。又问他详细，他说的话，与刘全一般。』魏征奏道：『御妹偶尔寿促，少苏醒即说此言，此是刘全妻借尸还魂之事。此事也有。可请宫主出来，看他有甚话说。』唐王道：『朕才命太医院去进药，不知何如。』便教妃嫔入宫去请。那宫主在里面乱嚷道：『我吃甚么药！这里那是我家！我家是清凉瓦屋，不像这个害黄病的房子，花狸狐哨的门扇！放我出去！放我出去！』

正嚷处，只见四五个女官，两三个太监，扶着他直至殿上。唐王道：『你可认得你丈夫么？』玉英道：『说那里话，我两个从小儿的结发夫妻，与他生男长女，怎的不认得？』唐王叫内官搀他下去。那宫主下了宝殿，直至白玉阶前，见了刘全，一把扯住道：『丈夫，你往那里去，就不等我一等！我跌了一跤，被那些没道理的人围住我嚷，这是怎的说！』那刘全听他说的话是妻之言，观其人非妻之面，不敢相认。唐王道：『这正是山崩地裂有人见，捉生替死却难逢！』好一个有道的君王：即将御妹的妆奁、衣物、首饰，尽赏赐了刘全，就如陪嫁一般。又赐与他永免差徭的御旨，着他带领御妹回去。他夫妻两个，便在阶前谢了恩，欢欢喜喜还乡。有诗为证：

人生人死是前缘，短短长长各有年。

刘全进瓜回阳世，借尸还魂李翠莲。

他两个辞了君王，径来均州城里，见旧家业儿女俱好，两口儿宣扬善果不题。

却说那尉迟公将金银一库，上河南开封府访看相良，原来卖水为活，同妻张氏在门首贩卖乌盆瓦器营生，但赚得些钱儿，只以盘缠为足，其多少斋僧布施，买金银纸锭，记库焚烧，故有此善果臻身。阳世间是一条好善的穷汉，那世里却是个积玉堆金的长者。尉迟公将金银送上他门，唬得那相公、相婆魂飞魄散；又兼有本府官员，茅舍外车马骈集，那老两口子如痴如哑，跪在地下，只是磕头礼拜。尉迟公道：『老人家请起。我虽是个钦差官，却赍着我王的金银送来还你。』他战兢兢的答道：『小的没有甚么金银放债，如何敢受这不明之财？』尉迟公道：『我也访得你是个穷汉；只是你斋僧布施，尽其所用，就买办金银纸锭，烧记阴司，阴司里有你积下的钱钞。是我太宗皇帝死去三日，还魂复生，曾在那阴司里借了你一库金银，今此照数送还与你。你可一一收下，等我好去回旨。』那相良两口儿只是朝天礼拜，那里敢受。道：『小的若受了这些金银，就死得快了。虽然是烧纸记库，此乃冥冥之事，况万岁爷爷那世里借了金银，有何凭据？我决不敢受。』尉迟公道：『陛下说，借你的东西，有崔判官作保可证。你收下罢。』相良道：『就死也是不敢受的。』尉迟公见他苦苦推辞，只得具本差人启奏。太宗见了本，知相良不受金银。道：『此诚为善良长者！』即传旨教胡敬德将金银与他修理寺院，起盖生祠，请僧作善，就当还他一般。旨意到日，敬德望阙谢恩，宣旨众皆知之。遂将金银买到城里军民无碍的地基一段，周围有五十亩宽阔，在上兴工，起盖寺院，名『敕建相国寺』。左有相公相婆的生祠，镌碑刻石，上写着『尉迟公监造』。即今大相国寺是也。

工完回奏，太宗甚喜。却又聚集多官，出榜招僧，修建『水陆大会』，超度冥府孤魂。榜行天下，着各处官员推选有道的高僧，上长安做会。那消个月之期，天下多僧俱到。唐王传旨，着太史丞傅奕选举高僧，修建佛事。傅奕闻

旨，即上疏止浮图，以言无佛。表曰：

西域之法，无君臣父子，以三涂六道，蒙诱愚蠢，追既往之罪，窥将来之福；口诵梵言，以图偷免。且生死寿夭，本诸自然；刑德威福，系之人主。今闻俗徒矫托，皆云由佛。自五帝、三王，未有佛法；君明臣忠，年祚长久。至汉明帝始立胡神，然惟西域桑门，自传其教。实乃夷犯中国，不足为信。

太宗闻言，遂将此表掷付群臣议之。

时有宰相萧瑀，出班俯囟奏曰：『佛法兴自屡朝，弘善遏恶，冥助国家，理无废弃。佛，圣人也。非圣者无法，请置严刑。』傅奕与萧瑀论辩，言礼本于事亲事君，而佛背亲出家，以匹夫抗天子，以继体悖所亲；萧瑀不生于空桑，乃遵无父之教，正所谓非孝者无亲。萧瑀但合掌曰：『地狱之设，正为是人。』太宗召太仆卿张道源，中书令张士衡，问佛事营福，其应何如。二臣对曰：『佛在清净仁恕，果正佛空。周武帝以三教分次：大慧禅师有赞幽远，历众供养而无不显；五祖投胎，达摩现象。自古以来，皆云三教至尊而不可毁，不可废。伏乞陛下圣鉴明裁。』太宗甚喜道：『卿之言合理。再有所陈者，罪之。』遂着魏征与萧瑀、张道源，邀请诸佛，选举一名有大德行者作坛主，设建道场。众皆顿首谢恩而退。自此时出了法律：但有毁僧谤佛者，断其臂。

次日，三位朝臣，聚众僧，在那山川坛里，逐一从头查选。内中选得一名有德行的高僧。你道他是谁人？

灵通本讳号金蝉，只为无心听佛讲，转托尘凡苦受磨，降生世俗遭罗网。投胎落地就逢凶，未出之前临恶党。父是海州陈状元，外公总管当朝长。出身命犯落江星，顺水随波逐浪泱。海岛金山有大缘，迁安和尚将他养。年方十八认亲娘，特赴京都求外长。总管开山调大军，洪州剿寇诛凶党。状元光蕊脱天罗，子父相逢堪贺奖。复谒当今受主恩，凌烟阁上贤名响。恩官不受愿为僧，洪福沙门将道访。小字江流古佛儿，法名唤做陈玄奘。

当日对众举出玄奘法师。这个人自幼为僧，出娘胎，就持斋受戒。他外公见是当朝一路总管殷开山。他父亲陈光蕊，中状元，官拜文渊殿大学士。一心不爱荣华，只喜修持寂灭。查得他根源又好，德行又高；千经万典，无所不通；佛号仙音，无般不会。当时三位引至御前，扬尘舞蹈。拜罢奏曰：『臣瑀等，蒙圣旨，选得高僧一名陈玄奘。』太宗闻其名，沉思良久道：『可是学士陈光蕊之儿玄奘否？』江流儿叩头曰：『臣正是。』太宗喜道：『果然举之不错。诚为有德行有禅心的和尚。朕赐你左僧纲，右僧纲，天下大阐都僧纲之职。』玄奘顿首谢恩，受了大阐官爵。又赐五彩织金袈裟一件，毗卢帽一顶。教他用心再拜明僧，排次阇黎班首；书办旨意，前赴化生寺，择定吉日良时，开演经法。

玄奘再拜领旨而出，遂到化生寺里，聚集多僧，打造禅榻，装修功德，整理音乐。选得大小明僧共计一千二百名，分派上中下三堂。诸所佛前，物件皆齐，头头有次。选到本年九月初三日，黄道良辰，开启做七七四十九日『水陆大会』。即具表申奏，太宗及文武国戚皇亲，俱至期赴会，拈香听讲。

毕竟不知圣意如何，且听下回分解。

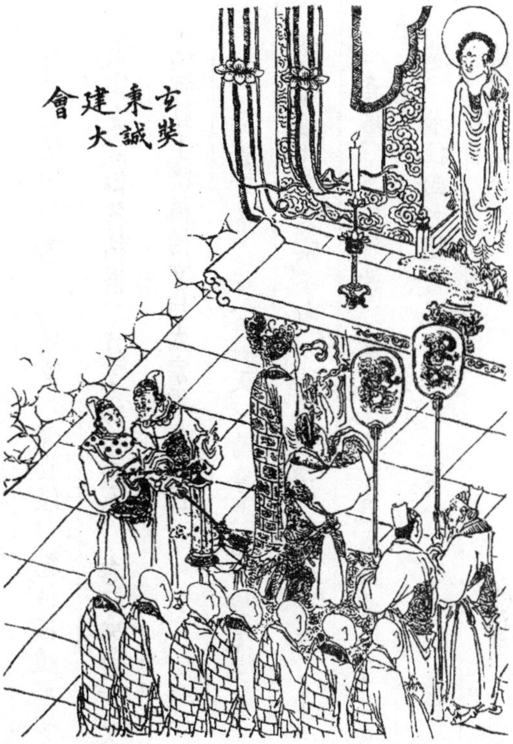

玄奘乘诚建大会

贞观十三年，岁次己巳，九月甲戌，初三日，癸卯良辰。陈玄奘大阐法师，聚集一千二百名高僧，都在长安城化生寺开演诸品妙经。

第十二回　玄奘乘诚建大会　观音显象化金蝉

诗曰：

龙集贞观正十三，王宣大众把经谈。
道场开演无量法，云雾光乘大愿龛。
御敕垂恩修上刹，金蝉脱壳化西涵。
普施善果超沉没，秉教宣扬前后三。

贞观十三年，岁次己巳，九月甲戌，初三日，癸卯良辰。陈玄奘大阐法师，聚集一千二百名高僧，都在长安城化生寺开演诸品妙经。那皇帝早朝已毕，帅文武多官，乘凤辇龙车，出离金銮宝殿，径上寺来拈香。怎见那銮驾？真个是：

一天瑞气，万道祥光。仁风轻淡荡，化日丽非常。千官环佩分前后，五卫旌旗列两旁。执金瓜，擎斧钺，双双对对；绛纱烛，御炉香，霭霭堂堂。龙飞凤舞，鹗荐鹰扬。圣明天子正，忠义大臣良。介福千年过舜禹，升平万代赛尧汤。又见那曲柄伞，滚龙袍，辉光相射；玉连环，彩凤扇，瑞霭飘扬。珠冠玉带，紫绶金章。护驾军千队，扶舆将两行。这皇帝沐浴虔诚尊敬佛，皈依善果喜拈香。

唐王大驾，早到寺前，吩咐住了音乐响器。下了车辇，引着多官，拜佛拈香。三匝已毕，抬头观看，果然好座道场。但见：

幢幡飘舞，宝盖飞辉。幢幡飘舞，凝空道道彩霞摇；宝盖飞辉，映日翩翩红电彻。世尊金像貌臻臻，罗汉玉容威烈烈。瓶插仙花，炉焚檀降。瓶插仙花，锦树辉辉漫宝刹；炉焚檀降，香云霭霭透清霄。时新果品砌朱盘，奇样糖酥堆彩案。高僧罗列诵真经，愿拔孤魂离苦难。

太宗文武俱各拈香，拜了佛祖金身，参了罗汉。又见那大阐都纲陈玄奘法师引众僧罗拜唐王。礼毕，分班各安禅位。法师献上济孤榜文与太宗看。榜曰：

至德渺茫，禅宗寂灭。清净灵通，周流三界。千变万化，统摄阴阳。体用真常，无穷极矣。观彼孤魂，深宜哀愍。此奉太宗圣命，选集诸僧，参禅讲法。大开方便门庭，广运慈悲舟楫，普济苦海群生，脱免沉疴六趣。引归真路，普玩鸿蒙；动止无为，混成纯素。仗此良因，邀赏清都绛阙；乘吾胜会，脱离地狱凡笼，早登极乐任逍遥，来往西方随自在。

诗曰：

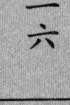

一炉永寿香，几卷超生箓。
无边妙法宣，无际天恩沐。
冤孽尽消除，孤魂皆出狱。
愿保我邦家，清平万咸福。

太宗看了，满心欢喜。对众僧道：『汝等秉立丹衷，切休怠慢佛事。待后功成完备，各各福有所归，朕当重赏，决不空劳。』那一千二百僧，一齐顿首称谢。当日三斋已毕，唐王驾回。待七日正会，复请拈香。时天色将晚，各官俱退。怎见得好晚？你看那：

万里长空淡落辉，归鸦数点下栖迟。
满城灯火人烟静，正是禅僧入定时。

一宿晚景题过。次早，法师又升坐，聚众诵经不题。

却说南海普陀山观世音菩萨，自领了如来佛旨，在长安城访察取经的善人，日久未逢真实有德行者。忽闻得太宗宣扬善果，选举高僧，开建大会，又见得法师坛主，乃是江流儿和尚，正是极乐中降来的佛子，又是他原引送投胎的长老，菩萨十分欢喜，就将佛赐的宝贝，捧上长街，与木叉货卖。你道他是何宝贝？有一件锦襕异宝袈裟、九环锡杖。还有那金、紧、禁三个箍儿，密密藏收，以俟后用。只将袈裟、锡杖出卖。长安城里，有那选不中的愚僧，倒有几贯村钞。见菩萨变化个疥癞形容，身穿破衲，赤脚光头，将袈裟捧定，艳艳生光，他上前问道：『那癞和尚，你的袈裟要卖多少价钱？』菩萨道：『袈裟价值五千两，锡杖价值二千两。』那愚僧笑道：『这两个癞和尚是疯子！是傻子！这两件粗物，就卖得七千两银子，只是除非穿上身长生不老，就得成佛作祖，也值不得这许多！拿了去！卖不成！』那菩萨更不争吵，与木叉往前又走。行勾多时，来到东华门前，正撞着宰相萧瑀散朝而回，众头踏喝开街道。那菩萨公然不避，当街上拿着袈裟，径迎着宰相。宰相勒马观看，见袈裟艳艳生光，着手下人问那卖袈裟的要价几何。菩萨道：『袈裟要五千两，锡杖要二千两。』萧瑀道：『有何好处，值这般高价？』菩萨道：『袈裟有好处，有不好处；有要钱处，有不要钱处。』萧瑀道：『何为好？何为不好？』菩萨道：『着了我袈裟，不入沉沦，不堕地狱，不遭恶毒之难，不遇虎狼之灾，便是好处；若贪淫乐祸的愚僧，不斋不戒的和尚，毁经谤佛的凡夫，难见我袈裟之面，这便是不好处。』又问道：『何为要钱，不要钱？』菩萨道：『不遵佛法，不敬三宝，强买袈裟、锡杖，定要卖他七千两，这便是要钱；若敬重三宝，见善随喜，皈依我佛，承受得起，我将袈裟、锡杖，情愿送他，与我结个善缘，这便是不要钱。』萧瑀闻言，倍添春色，知他是个好人。即便下马，与菩萨以礼相见。口称：『大法长老，恕我萧瑀之罪。我大唐皇帝十分好善，满朝的文武，无不奉行。即今起建「水陆大会」，这袈裟正好与大都阐陈玄奘法师穿用。我和你入朝见驾去来。』

菩萨欣然从之，拽转步，径进东华门里。黄门官转奏，蒙旨宣至宝殿。见萧瑀引着两个疥癞僧人，立于阶下，唐王问曰：『萧瑀来奏何事？』萧瑀俯伏阶前道：『臣出了东华门前，偶遇二僧，乃卖袈裟与锡杖者。臣思法师玄奘可着此服，故领僧人启见。』太宗大喜，便问那袈裟价值几何。菩萨与木叉侍立阶下，更不行礼，因问袈裟之价，答道：『袈裟五千两，锡杖二千两。』太宗道：『那袈裟有何好处，就值许多？』菩萨道：

这袈裟，龙披一缕，免大鹏吞噬之灾；鹤挂一丝，得超凡入圣之妙。但坐处，有万神朝礼；凡举动，有七佛随身。

这袈裟是冰蚕造练抽丝，巧匠翻腾为线。仙娥织就，神女机成，方方簇幅绣花缝，片片相帮堆锦簆。玲珑散碎斗妆花，色亮飘光喷宝艳。穿上满身红雾绕，脱来一段彩云飞。三天门外透玄光，五岳山前生宝气。重重嵌就西番莲，灼灼悬珠星斗象。四角上有夜明珠，攒顶间一颗祖母绿。虽无全照原本体，也有生光八宝攒。

这袈裟，闲时折迭，遇圣才穿。闲时折迭，千层包裹透虹霓；遇圣才穿，惊动诸天神鬼怕。上边有如意珠、摩尼珠、辟尘珠、定风珠；又有那红玛瑙、紫珊瑚、夜明珠、舍利子。偷月沁白，与日争红。条条仙气盈空，朵朵祥光捧圣：条条仙气盈空，照彻了天关；朵朵祥光捧圣，影遍了世界。照山川，惊虎豹；影海岛，动鱼龙。沿边两道销金锁，叩领连环白玉琮。

诗曰：

三宝巍巍道可尊，四生六道尽评论。

观音显象化金蝉

那菩萨带了木叉，飞上高台，遂踏祥云，直至九霄，现出救苦原身，托了净瓶杨柳。左边是木叉惠岸，执着棍，抖擞精神。喜的个唐王朝天礼拜，众文武跪地焚香。满寺中僧尼道俗，士人工贯，无一人不拜祷道：『好菩萨！好菩萨！』

明心解养人天法，见性能传智慧灯。
护体庄严金世界，身心清净玉壶冰。
自从佛制袈裟后，万劫谁能敢断僧？

唐王在那宝殿上闻言，十分欢喜。又问：『那和尚，九环杖有甚好处？』菩萨道：『我这锡杖，是那：

铜镶铁造九连环，九节仙藤永驻颜。
入手厌看青骨瘦，下山轻带白云还。
摩呵五祖游天阙，罗卜寻娘破地关。
不染红尘些子秽，喜伴神僧上玉山。』

唐王闻言，即命展开袈裟，从头细看，果然是件好物。道：『大法长老，实不瞒你。朕今大开善教，广种福田，见在那化生寺聚集多僧，敷演经法。内中有一个大有德行者，法名玄奘。朕买你这两件宝物，赐他受用。你端的要价几何？』菩萨闻言，与木叉合掌皈依，道声佛号，躬身上启道：『既有德行，贫僧情愿送他，决不要钱。』说罢，抽身便走。唐王急着萧瑀扯住，欠身立于殿上，问曰：『你原说袈裟五千两，锡杖二千两，你见朕要买，就不要钱，敢是说朕心倚恃君位，强要你的物件？——更无此理。朕照你原价奉偿，却不可推避。』菩萨起手道：『贫僧有愿在前，原说果有敬重三宝，见善随喜，皈依我佛，不要钱，愿送与他。今见陛下明德止善，敬我佛门，况又高僧有德有行，宣扬大法，理当奉上，决不要钱。贫僧愿留下此物告回。』唐王见他这等勤恳，甚喜。随命光禄寺，大排素宴酬谢。菩萨又坚辞不受，畅然而去。依旧望都土地庙中，隐避不题。

却说太宗设午朝，着魏征赍旨，宣玄奘入朝。那法师正聚众登坛，讽经诵偈，一闻有旨，随下坛整衣，与魏征同往见驾。太宗道：『求证善事，有劳法师，无物酬谢。早间萧瑀迎着二僧，愿送锦襕异宝袈裟一件，九环锡杖一条。今特召法师领去受用。』玄奘叩头谢恩。太宗道：『法师如不弃，可穿上与朕看看。』长老遂将袈裟抖开，披在身上，手持锡杖，侍立阶前。君臣个个欣然。诚为如来佛子。你看他：

凛凛威颜多雅秀，佛衣可体如裁就。辉光艳艳满乾坤，结彩纷纷凝宇宙。朗朗明珠上下排，层层金线穿前后。兜罗四面锦沿边，万样稀奇铺绮绣。八宝妆花缚钮丝，金环束领攀绒扣。佛天大小列高低，星象尊卑分左右。玄奘法师大有缘，现前此物堪承受。浑如极乐活阿罗，赛过西方真觉秀。锡杖叮当斗九环，毗卢帽映多丰厚。诚为佛子不虚传，胜似菩提无诈谬。

当时文武阶前喝采，太宗喜之不胜。即着法师穿了袈裟，持了宝杖；又赐两队仪从，着多官送出朝门，教他上大街行道，往寺里去，就如中状元夸官的一般。这去玄奘再拜谢恩，在那大街上，烈烈轰轰，摇摇摆摆。你看那长安城里，行商坐贾、公子王孙、墨客文人、大男小女，无不争看夸奖，俱道：『好个法师！真是个活罗汉下降，活菩萨临凡。』玄奘直至寺里，僧人下榻来迎。一见他披此袈裟，执此锡杖，都道是地藏王来了，各各归依，侍于左右。玄奘上殿，炷香礼佛，又对众感述圣恩已毕，各归禅座。又不觉红轮西坠。正是那：

日落烟迷草树，帝都钟鼓初鸣。叮叮三响断人行，前后街前寂静。上刹辉煌灯火，孤村冷落无声。禅僧入定理残经，正好炼魔养性。

光阴拈指，却当七日正会。玄奘又具表，请唐王拈香。此时善声遍满天下。太宗即排驾，率文武多官，后妃国戚，早赴寺里。那一城人，无论大小尊卑，俱诣寺听讲。当有菩萨与木叉道：『今日是水陆正会，以一七继七七，可矣了。我和你杂在众人丛中，一则看他那会何如，二则看金蝉子可有福穿我的宝贝，三则也听他讲的是那一门经法。』两人随投寺里。正是有缘得遇旧相识，般若还归本道场。入到寺里观看，真个是天朝大国，果胜裟婆；赛过祇园舍卫，也不亚上刹招提。那一派仙音响亮，佛号喧哗，这菩萨直至多宝台边，果然是明智金蝉之相。诗曰：

万象澄明绝点埃，大典玄奘坐高台。
超生孤魂暗中到，听法高流市上来。
施物应机心路远，出生随意藏门开。
对看讲出无量法，老幼人人放喜怀。

又诗曰：

因游法界讲堂中，逢见相知不俗同。
尽说目前千万事，又谈尘劫许多功。
法云容曳舒群岳，教网张罗满太空。
检点人生归善念，纷纷天雨落花红。

那法师在台上，念一会《受生度亡经》，谈一会《安邦天宝箓》，又宣一会《劝修功卷》。这菩萨近前来，拍着宝台，厉声高叫道：『那和尚，你只会谈「小乘教法」，可会谈「大乘」么？』玄奘闻言，心中大喜，翻身跳下台来，对菩萨起手道：『老师父，弟子失瞻，多罪。见前的盖众僧人，都讲的是「小乘教法」，却不知「大乘教法」如何。』菩萨道：『你这小乘教法，度不得亡者超升，只可浑俗和光而已；我有大乘佛法三藏，能超亡者升天，能度难人脱苦，能修无量寿身，能作无来无去。』

正讲处，有那司香巡堂官急奏唐王道：『法师正讲谈妙法，被两个疥癞游僧，扯下来乱说胡话。』王令擒来，只见许多人将二僧推拥进后法堂。见了太宗，那僧人手也不起，拜也不拜，仰面道：『陛下问我何事？』唐王却认得他，道：『你是前日送袈裟的和尚？』菩萨道：『正是。』太宗道：『你既来此处听讲，只该吃些斋便了，为何与我法师乱讲，扰乱经堂，误我佛事？』菩萨道：『你那法师讲的是小乘教法，度不得亡者升天。我有大乘佛法三藏，可以度亡脱苦，寿身无坏。』太宗正色喜问道：『你那大乘佛法，在于何处？』菩萨道：『在大西天天竺国大雷音寺我佛如来处，能解百冤之结，能消无妄之灾。』太宗道：『你可记得么？』菩萨道：『我记得。』太宗大喜道：『教法师引去，请上台开讲。』

那菩萨带了木叉，飞上高台，遂踏祥云，直至九霄，现出救苦原身，托了净瓶杨柳。左边是木叉惠岸，执着棍，抖擞精神。喜的个唐王朝天礼拜，众文武跪地焚香。满寺中僧尼道俗，士人工贾，无一人不拜祷道：『好菩萨！好菩萨！』有调为证。但见那：

瑞霭散缤纷，祥光护法身。九霄华汉里，现出女真人。那菩萨，头上戴一顶金叶纽，翠花铺，放金光，生锐气的垂珠缨络；身上穿一领淡淡色，浅浅妆，盘金龙，飞彩凤的结素蓝袍；胸前挂一面对月明，舞清风，杂宝珠，攒翠玉的砌香环佩；腰间系一条冰蚕丝，织金边，登彩云，促瑶海的锦绣绒裙；面前又领一个飞东洋，游普世，感恩行孝，黄毛红嘴白鹦哥；手内托着一个施恩济世的宝瓶，瓶内插着一枝洒青霄，撒大恶，扫开残雾垂杨柳。玉环穿绣扣，金莲足下深。三天许出入，这才是救苦救难观世音。

喜的个唐太宗，忘了江山；爱的那文武官，失却朝礼；盖众多人，都念『南无观世音菩萨』。太宗即传旨，教巧手丹青，描下菩萨真象。旨意一声，选出个图神写圣远见高明的吴道子。此人即后图功臣于凌烟阁者，当时展开妙笔，图写真形。那菩萨祥云渐远，霎时间不见了金光。只见那半空中，滴溜溜落下一张简帖，上有几句颂子，写得明白。颂曰：

礼上大唐君，西方有妙文。程途十万八千里，大乘进殷勤。此经回上国，能超鬼出群。若有肯去者，求正果金身。

太宗见了颂子，即命众僧：『且收胜会，待我差人取得大乘经来，再秉丹诚，重修善果。』众官无不遵依。当时在寺中问曰：『谁肯领朕旨意，上西天拜佛求经？』问不了，旁边闪过法师，帝前施礼道：『贫僧不才，愿效犬马之劳，与陛下求取真经，祈保我王江山永固。』唐王大喜，上前将御手扶起道：『法师果能尽此忠贤，不怕程途遥远，跋涉山川，朕情愿与你拜为兄弟。』玄奘顿首谢恩。唐王果是十分贤德，就去那寺里佛前，与玄奘拜了四拜，口称『御弟圣僧』。玄奘感谢不尽道：『陛下，贫僧有何德何能，敢蒙天恩眷顾如此？我这一去，定要捐躯努力，直至西天；如不到西天，不得真经，即死也不敢回国，永堕沉沦地狱。』随在佛前拈香，以此为誓。唐王甚喜，即命回銮，待选良利日辰，发牒出行，遂此驾回各散。

玄奘亦回洪福寺里。那本寺多僧与几个徒弟，早闻取经之事，都来相见。因问：『发誓愿上西天，实否？』玄奘道：『是实。』他徒弟道：『师父呵，尝闻人言，西天路远，更多虎豹妖魔；只怕有去无回，难保身命。』玄奘道：『我已发了弘誓大愿，不取真经，永堕沉沦地狱。大抵是受王恩宠，不得不尽忠以报国耳。我此去真是渺渺茫茫，吉凶难定。』又道：『徒弟们，我去之后，或三二年，或五七年，但看那山门里松枝头向东，我即回来；不然，断不回矣。』众徒将此言切切而记。

次早，太宗设朝，聚集文武，写了取经文牒，用了通行宝印。有钦天监奏曰：『今日是人专吉星，堪宜出行远路。』唐王大喜。又见黄门官奏道：『御弟法师朝门外候旨。』随即宣上宝殿道：『御弟，今日是出行吉日。这是通关文牒。朕又有一个紫金钵盂，送你途中化斋而用。再选两个长行的从者，又银騆的马一匹，送为远行脚力。你可就此行程。』玄奘大喜，即便谢了恩，领了物事，更无留滞之意。唐王排驾，与多官同送至关外，只见那洪福寺僧与诸徒将玄奘的冬夏衣服，俱送在关外相等。唐王见了，先教收拾行囊、马匹，然后着官人执壶酌酒。太宗举爵，又问曰：『御弟雅号甚称？』玄奘道：『贫僧出家人，未敢称号。』太宗道：『当时菩萨说，西天有经三藏。御弟可指经取号，号作「三藏」何如？』玄奘又谢恩，接了御酒道：『陛下，酒乃僧家头一戒，贫僧自为人，不会饮酒。』太宗道：『今日之行，比他事不同。此乃素酒，只饮此一杯，以尽朕奉饯之意。』三藏不敢不受。接了酒，方待要饮，只见太宗低头，将御指拾一撮尘土，弹入酒中。三藏不解其意。太宗笑道：『御弟呵，这一去，到西天，几时可回？』三藏道：『只在三年，径回上国。』太宗道：『日久年深，山遥路远，御弟可进此酒：宁恋本乡一捻土，莫爱他乡万两金。』三藏方悟捻土之意，复谢恩饮尽，辞谢出关而去。唐王驾回。

毕竟不知此去何如，且听下回分解。

陷虎穴金星解厄

三藏看了，对天礼拜道：『多谢金星，度脱此难。』拜毕，牵了马匹，独自个孤孤凄凄，往前苦进。

第十三回 陷虎穴金星解厄 双叉岭伯钦留僧

诗曰：

大有唐王降敕封，钦差玄奘问禅宗。
坚心磨琢寻龙穴，着意修持上鹫峰。
边界远游多少国，云山前度万千重。
自今别驾投西去，秉教迦持悟大空。

却说三藏自贞观十三年九月望前三日，蒙唐王与多官送出长安关外。一二日马不停蹄，早至法门寺。本寺住持上房长老，带领众僧有五百余人，两边罗列，接至里面，相见献茶。茶罢进斋。斋后不觉天晚。正是那：

影动星河近，月明无点尘。
雁声鸣远汉，砧韵响西邻。
归鸟栖枯树，禅僧讲梵音。
蒲团一榻上，坐到夜将分。

众僧们灯下议论佛门定旨，上西天取经的原由。有的说水远山高，有的说路多虎豹；有的说峻岭陡崖难度，有的说毒魔恶怪难降。三藏箝口不言，但以手指自心，点头几度。众僧们莫解其意，合掌请问道：『法师指心点头者，何也？』三藏答曰：『心生，种种魔生；心灭，种种魔灭。我弟子曾在化生寺对佛设下洪誓大愿，不由我不尽此心。这一去，定要到西天，见佛求经，使我们法轮回转，愿圣主皇图永固。』众僧闻得此言，人人称羡，个个宣扬，都叫一声『忠心赤胆大阐法师！』夸赞不尽，请师入榻安寐。

早又是竹敲残月落，鸡唱晓云生。那众僧起来，收拾茶水早斋。玄奘遂穿了袈裟，上正殿，佛前礼拜，道：『弟子陈玄奘，前往西天取经，但肉眼愚迷，不识活佛真形。今愿立誓：路中逢庙烧香，遇佛拜佛，遇塔扫塔。但愿我佛慈悲，早现丈六金身，赐真经，留传东土。』祝罢，回方丈进斋。斋毕，那二从者整顿了鞍马，促趱行程。三藏出了山门，辞别众僧。众僧不忍分别，直送有十里之遥，噙泪而返。三藏遂直西前进。正是那季秋天气。但见：

数村木落芦花碎，几树枫杨红叶坠。路途烟雨故人稀，黄菊丽，山骨细，水寒荷破人憔悴。白蘋红蓼霜天雪，落霞孤鹜长空坠。依稀黯淡野云飞，玄鸟去，宾鸿至，嘹嘹呖呖声宵碎。

师徒们行了数日，到了巩州城。早有巩州合属官吏人等，迎接入城中。安歇一夜，次早出城前去。一路饥餐渴饮，夜住晓行。两三日，又至河州卫。此乃是大唐的山河边界。早有镇边的总兵与本处僧道，闻得是钦差御弟法师，上西方见佛，无不恭敬；接至里面供给了，着僧纲请往福原寺安歇。本寺僧人，一一参见，安排晚斋。斋毕，吩咐二从者饱喂马匹，天不明就行。及鸡方鸣，随唤从者，却又惊动寺僧，整治茶汤斋供。斋罢，出离边界。

这长老心忙，太起早了。原来此时秋深时节，鸡鸣得早，只好有四更天气。一行三人，连马四口，迎着清霜，看着明月，行有数十里远近，见一山岭，只得拨草寻路，说不尽崎岖难走，又恐怕错了路径。正疑思之间，忽然失足，三人连马都跌落坑坎之中。三藏心慌，从者胆战。却才悚惧，又闻得里面哮吼高呼，叫：『拿将来！拿将来！』只见狂风滚滚，拥出五六十个妖邪，将三藏、从者揪了上去。这法师战战兢兢的，偷眼观看，上面坐的那魔王，十分凶恶。真个是：

雄威身凛凛，猛气貌堂堂。
电目飞光艳，雷声振四方。
锯牙舒口外，凿齿露腮旁。
锦绣围身体，文斑裹脊梁。
钢须稀见肉，钩爪利如霜。
东海黄公惧，南山白额王。

唬得个三藏魂飞魄散，二从者骨软筋麻。魔王喝令绑了，众妖一齐将三人用绳索绑缚。正要安排吞食，只听得外面喧哗，有人来报：『熊山君与特处士二位来也。』三藏闻言，抬头观看，前走的是一条黑汉。你道他是怎生模样：

雄豪多胆量，轻健夯身躯。
涉水惟凶力，跑林逞怒威。

向来符吉梦，今独露英姿。
绿树能攀折，知寒善谕时。
准灵惟显处，故此号山君。

又见那后边来的是一条胖汉。你道怎生模样：

嵯峨双角冠，端肃耸肩背。
性服青衣稳，蹄步多迟滞。
宗名父作牯，原号母称牸。
能为田者功，因名特处士。

这两个摇摇摆摆，走入里面，慌得那魔王奔出迎接。熊山君道：『寅将军，一向得意，可贺，可贺！』特处士道：『寅将军丰姿胜常，真可喜，真可喜！』魔王道：『二公连日如何？』山君道：『惟守素耳。』处士道：『惟随时耳。』三个叙罢，各坐谈笑。

只见那从者绑得痛切悲啼。那黑汉道：『此三者何来？』魔王道：『自送上门来者。』处士笑云：『可能待客否？』魔王道：『奉承！奉承！』山君道：『不可尽用，食其二，留其一可也。』魔王领诺，即呼左右，将二从者剖腹剜心，剁碎其尸。将首级与心肝奉献二客，将四肢自食，其余骨肉，分给各妖。只听得啯啅之声，真似虎啖羊羔。霎时食尽。把一个长老几乎唬死。这才是初出长安第一场苦难。

正怆慌之间，渐渐的东方发白，那二怪至天晓方散。俱道：『今日厚扰，容日竭诚奉酬。』方一拥而退。不一时，红日高升。三藏昏昏沉沉，也辨不得东西南北。正在那不得命处，忽然见一老叟，手持拄杖而来。走上前，用手

陷虎穴金星解厄
双叉岭伯钦留僧

一行三人，连马四口，迎着清霜，看着明月，行有数十里远近，见一山岭，只得拨草寻路，说不尽崎岖难走，又恐怕错了路径。正疑思之间，忽然失足，三人连马都跌落坑坎之中。

一拂，绳索皆断。对面吹了一口气，三藏方苏。跪拜于地道：『多谢老公公！搭救贫僧性命！』老叟答礼道：『你起来。你可曾疏失了甚么东西？』三藏道：『贫僧的从人，已是被怪食了；只不知行李、马匹在于何处？』老叟用杖指定道：『那厢不是一匹马，两个包袱？』三藏回头看时，果是他的物件，并不曾失落，心才略放下些。问老叟曰：『老公公，此处是甚所在？公公何由在此？』老叟道：『此是双叉岭，乃虎狼巢穴处。你为何堕此？』三藏道：『贫僧鸡鸣时，出河州卫界，不料起得早了，冒霜拨露，忽失落此地。见一魔王，凶顽太甚。将贫僧与二从者绑了。又见一条黑汉，称是熊山君；一条胖汉，称是特处士；走进来，称那魔王是寅将军。他三个把我二从者吃了，天光才散。不想我是那里有这大缘大分，感得老公公来此救我？』老叟道：『处士者是个野牛精。山君者是个熊罴精。寅将军者是个老虎精。左右妖邪，尽都是山精树鬼，怪兽苍狼。只因你的本性元明，所以吃不得你。你跟我来，引你上路。』

三藏不胜感激，将包袱捎在马上，牵着缰绳，相随老叟径出了坑坎之中，走上大路。却将马拴在道旁草头上，转身拜谢那公公，那公公遂化作一阵清风，跨一只朱顶白鹤，腾空而去。只见风飘飘遗下一张简帖，书上四句颂子。颂子云：

吾乃西天太白星，特来搭救汝生灵。
前行自有神徒助，莫为艰难报怨经。

三藏看了，对天礼拜道：『多谢金星，度脱此难。』拜毕，牵了马匹，独自个孤孤凄凄，往前苦进。这岭上，真个是：

寒飒飒雨林风，响潺潺涧下水。香馥馥野花开，密丛丛乱石磊。闹嚷嚷鹿与猿，一队队獐和麂。喧杂杂鸟声多，静悄悄人事靡。那长老，战兢兢心不宁；这马儿，力怯怯蹄难举。

三藏舍身拚命。上了那峻岭之间。行经半日，更不见个人烟村舍。一则腹中饥了，二则路又不平。正在危急之际，只见前面有两只猛虎咆哮，后边有几条长蛇盘绕。左有毒虫，右有怪兽。三藏孤身无策，只得放下身心，听天所命。又无奈那马腰软蹄弯，便屎俱下，伏倒在地，打又打不起，牵又牵不动。苦得个法师衬身无地，真个有万分凄楚，已自分必死，莫可奈何。却说他虽有灾迍，却有救应。正在那不得命处，忽然见毒虫奔走，妖兽飞逃；猛虎潜踪，长蛇隐迹。三藏抬头看时，只见一人，手执钢叉，腰悬弓箭，自那山坡前转出，果然是一条好汉。你看他：

头上戴一顶，艾叶花斑豹皮帽；身上穿一领，羊绒织锦叵罗衣；腰间束一条狮蛮带，脚下踹一对麂皮靴。环眼圆睛如吊客，圈须乱扰似河奎。悬一囊毒药弓矢，拿一杆点钢大叉。雷声震破山虫胆，勇猛惊残野雉魂。

三藏见他来得渐近，跪在路旁，合掌高叫道：『大王救命，大王救命！』那条汉到边前，放下钢叉，用手搀起道：『长老休怕。我不是歹人，我是山中的猎户，姓刘名伯钦，绰号镇山太保。我才自来，要寻两只山虫食用，不期遇著你，多有冲撞。』三藏道：『贫僧是大唐驾下钦差往西天拜佛求经的和尚。适间来到此处，遇著些狼虎蛇虫，四边围绕，不能前进。忽见太保来，众兽皆走，救了贫僧性命，多谢，多谢！』伯钦道：『我在这里住人，专倚打些狼虎为生，捉些蛇虫过活，故此众兽怕我走了。你既是唐朝来的，与我都是乡里。此间还是大唐的地界，我也是唐朝的百姓，我和你同食皇王的水土，诚然是一国之人，你休怕，跟我来。到我舍下歇马，明朝我送你上路。』三藏闻言，满心欢喜，谢了伯钦，牵马随行。

过了山坡，又听得呼呼风响。伯钦道：『长老休走，坐在此间。风响处，是个山猫来了。等我拿他家去管待你。』三藏见说，又胆战心惊，不敢举步。那太保执了钢叉，拽开步，迎将上去。只见一只斑斓虎，对面撞见。他看见伯钦，急回头就走。这太保霹雳一声，咄道：『那业畜！那里走！』那虎见赶得急，转身轮爪扑来。这太保三股叉举手迎敌，唬得个三藏软瘫在草地。这和尚自出娘肚皮，那曾见这样凶险的勾当？太保与那虎在那山坡下，人虎相持，果是一场好斗。但见：

怒气纷纷，狂风滚滚：怒气纷纷，太保冲冠多膂力；狂风滚滚，斑彪逞势喷红尘。那一个张牙舞爪，这一个转步回身。三股叉擎天幌日，千花尾扰雾飞云。这一个当胸乱刺，那一个劈面来吞。闪过的再生人道，撞着的定见阎君。只听得那斑彪哮吼，太保声哏。斑彪哮吼，振裂山川惊鸟兽；太保声哏，喝开天府现星辰。那一个金睛怒出，这一个壮胆生嗔。可爱镇山刘太保，堪夸据地兽之君。人虎贪生争胜负，些儿有慢丧三魂。

他两个斗了有一个时辰，只见那虎爪慢腰松，被太保举叉平胸刺倒，可怜呵，钢叉尖穿透心肝，霎时间血流满地。揪着耳躲，拖上路来，好男子！气不连喘，面不改色，对三藏道：『造化，造化！这只山猫，够长老食用几日。』三藏夸赞不尽，道：『太保真山神也！』伯钦道：『有何本事，敢劳过奖？这个是长老的洪福。去来！赶早儿剥了皮，煮些肉，管待你也。』他一只手执著叉，一只手拖着虎，在前引路。三藏牵着马，随后而行。迤逦行过山坡，忽见一座山庄。那门前真个是：

参天古树，漫路荒藤。万壑风尘冷，千崖气象奇。一径野花香袭体，数竿幽竹绿依依。草门楼，篱笆院，堪描堪画；石板桥，白土壁，真乐真稀。秋容萧索，爽气孤高。道傍黄叶落，岭上白云飘。疏林内山禽聒聒，庄门外细犬嘹嘹。

伯钦到了门首，将死虎掷下，叫：『小的们何在？』只见走出三四个家僮，都是怪形恶相之类，上前拖拖拉拉，把只虎扛将进去。伯钦吩咐教：『赶早剥了皮，安排将来待客。』复回头迎接三藏进内。彼此相见。三藏又拜谢伯钦厚恩怜悯救命。伯钦道：『同乡之人，何劳致谢。』

坐定茶罢，有一老妪，领着一个媳妇，对三藏进礼。伯钦道：『此是家母、山妻。』三藏道：『请令堂上坐，贫僧奉拜。』老妪道：『长老远客，各请自珍，不劳拜罢。』伯钦道：『母亲呵，他是唐王驾下，差往西天见佛求经者。适间在岭头上遇着孩儿，孩儿念一国之人，请他来家歇马，明日送他上路。』老妪闻言，十分欢喜道：『好，好，好！就是请他，不得这般恰好。明日你父亲周忌，就浼长老做些好事，念卷经文，到后日送他去罢。』这刘伯钦，虽是一个杀虎手，镇山的太保，他却有些孝顺之心。闻得母言，就要安排香纸，留住三藏。

说话间，不觉的天色将晚。小的们排开桌凳，拿几盘烂熟虎肉，热腾腾的放在上面。伯钦请三藏权用，再另办饭。三藏合掌当胸道：『善哉！贫僧不瞒太保说，自出娘胎，就做和尚，更不晓得吃荤。』伯钦闻得此说，沉吟了半晌道：『长老，寒家历代以来，不晓得吃素；就是有些竹笋，采些木耳，寻些干菜，做些豆腐，也都是獐鹿虎豹的油

双叉岭伯钦留僧

那虎见赶得急，转身轮爪扑来。这太保三股叉举手迎敌，唬得个三藏软瘫在草地。这和尚自出娘肚皮，那曾见这样凶险的勾当？太保与那虎在那山坡下，人虎相持，果是一场好斗。

煎，却无甚素处。有两眼锅灶，也都是油腻透了，这等奈何？反是我请长老的不是。』三藏道：『太保不必多心，请自受用。我贫僧就是三五日不吃饭，也可忍饿，只是不敢破了斋戒。』伯钦道：『倘或饿死，却如之何？』三藏道：『感得太保天恩，搭救出虎狼丛里，就是饿死，也强如喂虎。』伯钦的母亲闻说，叫道：『孩儿不要与长老闲讲，我自有素物，可以管待。』伯钦道：『素物何来？』母亲道：『你莫管我，我自有素的。』叫媳妇将小锅取下，着火烧了油腻，刷了又刷，洗了又洗，却仍安在灶上，先烧半锅滚水，别用；却又将些山地榆叶子，着水煎作茶汤；然后将些黄粱粟米，煮起饭来；又把些干菜煮熟，盛了两碗，拿出来铺在桌上。老母对着三藏道：『长老请斋。这是老身与儿妇，亲自动手整理的些极洁极净的茶饭。』三藏下来谢了，方才上坐。那伯钦另设一处，铺排些没盐没酱的老虎肉、香獐肉、蟒蛇肉、狐狸肉、兔肉，点剁鹿肉干巴，满盘满碗的，陪着三藏吃斋。方坐下，心欲举箸，只见三藏合掌诵经，唬得个伯钦不敢动箸，急起身立在旁边。三藏念不数句，却教『请斋』。伯钦道：『你是个念短头经的和尚？』三藏道：『此非是经，乃是一卷揭斋之咒。』伯钦道：『你们出家人，偏有许多计较，吃饭便也念诵念诵。』

吃了斋饭，收了盘碗，渐渐天晚，伯钦引着三藏出中宅，到后边走走。穿过夹道，有一座草亭。推开门，入到里面，只见那四壁上挂几张强弓硬弩，插几壶箭；过梁上搭两块血腥的虎皮；墙根头插着许多枪刀叉棒；正中间设两张坐器。伯钦请三藏坐坐。三藏见这般凶险腌脏，不敢久坐，遂出了草亭。又往后再行，是一座大园子，却看不尽那丛丛菊蕊堆黄，树树枫杨挂赤。又见呼的一声，跑出十来只肥鹿，一大阵黄獐，见了人，呢呢痴痴，更不恐惧。三藏道：『这獐鹿想是太保养家了的？』伯钦道：『似你那长安城中人家，有钱的集财宝，有庄的集聚稻粮；似我们这打猎的，只得聚养些野兽，备天阴耳。』他两个说话闲行，不觉黄昏，复转前宅安歇。

次早，那合家老小都起来，就整素斋，管待长者，请开启念经。这长老净了手，同太保家堂前拈了香，拜了家堂，三藏方敲响木鱼，先念了净口业的真言，又念了净身心的神咒，然后开《度亡经》一卷。诵毕，伯钦又请写荐亡疏一道，再开念《金刚经》、《观音经》。一一朗音高诵。诵毕，吃了午斋。又念《法华经》、《弥陀经》。各诵几卷，又念一卷《孔雀经》，及谈苾蓊洗业的故事。早又天晚，献过了种种香火，化了众神纸马，烧了荐亡文疏，佛事已毕，又各安寝。

却说那伯钦的父亲之灵，超荐得脱沉沦，鬼魂儿早来到东家宅内，托一梦与合宅长幼道：『我在阴司里苦难难脱，日久不得超生。今幸得圣僧，念了经卷，消了我的罪业，阎王差人送我上中华富地，长者人家托生去了。你们可好生谢送长老，不要怠慢，不要怠慢。我去也。』这才是：万法庄严端有意，荐亡离苦出沉沦。

那合家儿梦醒，又早太阳东上。伯钦的娘子道：『太保，我今夜梦见公公来家，说他在阴司苦难难脱，日久不得超生。今幸得圣僧念了经卷，消了他的罪业，阎王差人送他上中华富地长者人家托生去，教我们好生谢那长老，不得怠慢。他说罢，径出门，徉徜去了。我们叫他不应，留他不住，醒来却是一梦。』伯钦道：『我也是那等一梦，与你一般。我们起去对母亲说去。』他两口子正欲去说，只见老母叫道：『伯钦孩儿，你来，我与你说话。』二人至前，老母坐在床上道：『儿呵，我今夜得了个喜梦，梦见你父亲来家，说多亏了长老超度，已消了罪业，上中华富地长者家去托生。』夫妻们俱呵呵大笑道：『我与媳妇皆有此梦，正来告禀，不期母亲呼唤，也是此梦。』

遂叫一家大小起来，安排谢意，替他收拾马匹，都至前拜谢道：『多谢长老超荐我亡父脱难超生，报答不尽！』三藏道：『贫僧有何能处，敢劳致谢？』伯钦把三口儿的梦话，对三藏陈诉一遍，三藏也喜。早供给了素斋，又具白银一两为谢。三藏分文不受。一家儿又恳恳拜央，三藏毕竟分文未受。但道：『是你肯发慈悲送我一程，足感至爱。』伯钦与母妻无奈，急做了些粗面烧饼干粮，叫伯钦远送。三藏欢喜收纳。太保领了母命，又唤两三个家僮，各带捕猎的器械，同上大路。看不尽那山中野景，岭上风光。

行经半日，只见对面处，有一座大山，真个是高接青霄，崔巍险峻。三藏不一时，到了边前。那太保登此山如行平地。正走到半山之中，伯钦回身，立于路下道：『长老，你自前进，我却告回。』三藏闻言，滚鞍下马道：『千万敢劳太保再送一程！』伯钦道：『长老不知。此山唤做两界山。东半边属我大唐所管，西半边乃是鞑靼的地界。那厢狼虎，不伏我降，我却也不能过界，你自去罢。』三藏心惊，轮开手，牵衣执袂，滴泪难分。正在那叮咛拜别之际，只听得山脚下叫喊如雷道：『我师父来也！我师父来也！』唬得个三藏痴呆，伯钦打挣。

毕竟不知是甚人叫喊，且听下回分解。

心猿归正

只见那猴早到了三藏的马前，赤淋淋跪下，道声：『师父，我出来也！』对三藏拜了四拜。

第十四回　心猿归正　六贼无踪

诗曰：

佛即心兮心即佛，心佛从来皆要物。若知无物又无心，便是真如法身佛。法身佛，没模样，一颗圆光涵万象。无体之体即真体，无相之相即实相。非色非空非不空，不来不向不回向。无异无同无有无，难舍难取难听望。内外灵光到处同，一佛国在一沙中。一粒沙含大千界，一个身心万法同。知之须会无心诀，不染不滞为净业。善恶千端无所为，便是南无释迦叶。

却说那刘伯钦与唐三藏惊惊慌慌，又闻得叫声『师父来也』。众家僮道：『这叫的必是那山脚下石匣中老猿。』太保道：『是他！是他！』三藏问：『是甚么老猿？』太保道：『这山旧名五行山，因我大唐王征西定国，改名两界山。先年间曾闻得老人家说：「王莽篡汉之时，天降此山，下压着一个神猴，不怕寒暑，不吃饮食，自有土神监押，教他饥餐铁丸，渴饮铜汁；自昔到今，冻饿不死。」这叫必定是他。长老莫怕。我们下山去看来。』三藏只得依从，牵马下山。行不数里，只见那石匣之间，果有一猴，露着头，伸着手，乱招手道：『师父，你怎么此时才来？来得好！来得好！救我出来，我保你上西天去也！』这长老近前细看，你道他是怎生模样：

尖嘴缩腮，金睛火眼。头上堆苔藓，耳中生薜萝。鬓边少发多青草，颔下无须有绿莎。眉间土，鼻凹泥，十分狼狈；指头粗，手掌厚，尘垢余多。还喜得眼睛转动，喉舌声和。语言虽利便，身体莫能那。正是五百年前孙大圣，今朝难满脱天罗。

刘太保诚然胆大，走上前来，与他拔去了鬓边草，颔下莎，问道：『你有甚么说话？』那猴道：『我没话说，教那个师父上来，我问他一问。』三藏道：『你问我甚么？』那猴道：『你可是东土大王差往西天取经去的么？』三藏道：『我正是，你问怎么？』那猴道：『我是五百年前大闹天宫的齐天大圣；只因犯了诳上之罪，被佛祖压于此处。前者有个观音菩萨，领佛旨意，上东土寻取经人。我教他救我一救，他劝我再莫行凶，归依佛法，尽殷勤保护取经人，往西方拜佛，功成后自有好处。故此昼夜提心，晨昏吊胆，只等师父来救我脱身。我愿保你取经，与你做个徒弟。』

三藏闻言，满心欢喜道：『你虽有此善心，又蒙菩萨教诲，愿入沙门，只是我又没斧凿，如何救得你出？』那猴道：『你不用斧凿，你但肯救我，我自出来也。』三藏道：『我自救你，你怎得出来？』那猴道：『这山顶上有我佛如来的金字压帖。你只上山去将帖儿揭起，我就出来了。』三藏依言，回头央浼刘伯钦道：『太保啊，我与你上山走一遭。』伯钦道：『不知真假何如！』那猴高叫道：『是真！决不敢虚谬！』

伯钦只得呼唤家僮，牵了马匹。他却扶着三藏，复上高山。攀藤附葛，只行到那极巅之处，果然见金光万道，瑞气千条，有块四方大石，石上贴着一封皮，却是『唵嘛呢叭咪吽』六个金字。三藏近前跪下，朝石头，看着金字，拜了几拜，望西祷祝道：『弟子陈玄奘，特奉旨意求经，果有徒弟之分，揭得金字，救出神猴，同证灵山；若无徒弟之分，此辈是个凶顽怪物，哄赚弟子，不成吉庆，便揭不得起。』祝罢又拜。拜毕，上前将六个金字，轻轻揭下。只闻得一阵香风，劈手把『压帖儿』刮在空中，叫道：『吾乃监押大圣者。今日他的难满，吾等回见如来，缴此封皮去也。』吓得个三藏与伯钦一行人，望空礼拜。径下高山，又至石匣边，对那猴道：『揭了压帖矣，你出来么。』那猴欢喜，叫道：『师父，你请走开些，我好出来。莫惊了你。』

伯钦听说，领着三藏，一行人回东即走。走了五七里远近，又听得那猴高叫道：『再走！再走！』三藏又行了许远，下了山，只闻得一声响亮，真个是地裂山崩。众人尽皆悚惧。只见那猴早到了三藏的马前，赤淋淋跪下，道声：『师父，我出来也！』对三藏拜了四拜，急起身，与伯钦唱个大喏道：『有劳大哥送我师父，又承大哥替我脸上薅草。』谢毕，就去收拾行李，扣背马匹。那马见了他，腰软蹄矬，战兢兢的立站不住。盖因那猴原是弼马温，在天上看养龙马的，有些法则，故此凡马见他害怕。

三藏见他意思，实有好心，真个像沙门中的人物，便叫：『徒弟啊，你姓甚么？』猴王道：『我姓孙。』三藏道：『我与你起个法名，却好呼唤。』猴王道：『不劳师父盛意，我原有个法名，叫做孙悟空。』三藏欢喜道：『也正合我们的宗派。你这个模样，就像那小头陀一般，我再与你起个混名，称为行者，好么？』悟空道：『好，好，好！』自此时又称为孙行者。

那伯钦见孙行者一心收拾要行，却转身对三藏唱个喏道：『长老，你幸此间收得个好徒，甚喜，甚喜。此人果然去得。我却告回。』三藏躬身作礼相谢道：『多有拖步，感激不胜。回府多多致意令堂老夫人，令荆夫人，贫僧在府多扰，容回时踵谢。』伯钦回礼，遂此两下分别。

却说那孙行者请三藏上马，他在前边，背着行李，赤条条，拐步而行。不多时，过了两界山，忽然见一只猛虎，咆哮剪尾而来。三藏在马上惊心。行者在路旁欢喜道：『师父莫怕他。他是送衣服与我的。』放下行李，耳朵里拔出一个针儿，迎着风，幌一幌，原来是个碗来粗细一条铁棒。他拿在手中，笑道：『这宝贝，五百余年不曾用着他，今日拿出来挣件衣服儿穿穿。』你看他拽开步，迎着猛虎，道声『业畜！那里去！』那只虎蹲着身，伏在尘埃，动也不敢动动。却被他照头一棒，就打的脑浆迸万点桃红，牙齿喷几珠玉块，唬得那陈玄奘滚鞍落马，咬指道声：『天那！天那！刘太保前日打的斑斓虎，还与他斗了半日；今日孙悟空不用争持，把这虎一棒打得稀烂，正是「强中更有强中手」！』

行者拖将虎来道：『师父略坐一坐，等我脱下他的衣服来，穿了走路。』三藏道：『他那里有甚衣服？』行者道：『师父莫管我，我自有处置。』好猴王，把毫毛拔下一根，吹口仙气，叫：『变！』变作一把牛耳尖刀，从那虎腹上挑开皮，往下一剥，剥下个囫囵皮来；剁去了爪甲，割下头来，割个四四方方一块虎皮，提起来，量了一量道：『阔了些儿，一幅可作两幅。』拿过刀来，又裁为两幅。收起一幅，把一幅围在腰间，路旁揪了一条葛藤，紧紧束定，遮了下体道：『师父，且去，且去！到了人家，借些针线，再缝不迟。』他把条铁棒，捻一捻，依旧像个针儿，收在耳里，背着行李，请师父上马。

两个前进，长老在马上问道：『悟空，你才打虎的铁棒，如何不见？』行者笑道：『师父，你不晓得。我这棍，本是东洋大海龙宫里得来的，唤做「天河镇底神珍铁」，又唤做「如意金箍棒」。当年大反天宫，甚是亏他。随身变化，要大就大，要小就小。刚才变做一个绣花针儿模样，收在耳内矣。但用时，方可取出』。三藏闻言暗喜。又问道：『方才那只虎见了你，怎么就不动动？让自在打他，何说？』悟空道：『不瞒师父说：莫道是只虎，就是一条龙，见了我也不敢无礼。我老孙颇有降龙伏虎的手段，翻江搅海的神通；见貌辨色，聆音察理；大之则量于宇宙，小之则摄于毫毛。变化无端，隐显莫测。剥这个虎皮，何为稀罕？见到那疑难处，看展本事么！』三藏闻得此言，愈加放怀无虑，策马前行。师徒两个走着路，说着话，不觉得太阳星坠。但见：

焰焰斜辉返照，天涯海角归云。千山鸟雀噪声频，觅宿投林成阵。野兽双双对对，回窝族族群群。一钩新月破黄昏，万点明星光晕。

行者道：『师父走动些，天色晚了。那壁厢树木森森，想必是人家庄院，我们赶早投宿去来。』三藏果策马而行，径奔人家。

到了庄院前下马，行者撇了行李，走上前，叫声『开门！开门！』那里面有一老者，扶筇而出，唿喇的开了门，看见行者这般恶相，腰系着一块虎皮，好似个雷公模样，唬得脚软身麻，口出谵语道：『鬼来了！鬼来了！』三藏近前搀住，叫道：『老施主，休怕。他是我贫僧的徒弟，不是鬼怪。』老者抬头，见了三藏的面貌清奇，方然立定。问道：『你是那寺里来的和尚，带这恶人上我门来？』三藏道：『我贫僧是唐朝来的，往西天拜佛求经。适路过此间，天晚，特造檀府借宿一宵，明早不犯天光就行。万望方便一二。』老者道：『你虽是个唐人，那个恶的，却非唐人。』悟空厉声高呼道：『你这个老儿全没眼色！唐人是我师父，我是他徒弟！我也不是甚「糖人，蜜人」，我是齐天大圣。你们这里人家，也有认得我的。我也曾见你来。』那老者道：『你在那里见我？』悟空道：『你小时不曾在我面前扒柴？不曾在我脸上挑菜？』老者道：『这厮胡说！你在那里住？我在那里住？我来你面前扒柴、挑菜！』悟空道：『我儿子便胡说！你是认不得我了，我本是这两界山石匣中的大圣。你再认认看。』老者方才省悟道：『你倒有些像他；但你是怎么得出来的？』悟空将菩萨劝善，令我等待唐僧揭帖脱身之事，对那老者细说了一遍。老者却才下拜，将唐僧请到里面，即唤老妻与儿女都来相见，具言前事，个个欣喜。又命看茶。茶罢，问悟空道：『大圣啊，你也有年纪了？』悟空道：『你今年几岁了？』老者道：『我痴长一百三十岁了。』行者道：『还是我重子重孙哩！我那生身的年纪，我不记得是几时；但只在这山脚下，已五百余年了。』老者道：『是有，是有。我曾记得祖公公说，此山乃从天降下，就压了一个神猴。只到如今，你才脱体。我那小时见你，是你头上有草，脸上有泥，还不怕你；如今脸上无了泥，头上无了草，却像瘦了些，腰间又苫了一块大虎皮，与鬼怪能差多少？』

一家儿听得这般话说，都呵呵大笑。这老儿颇贤，即令安排斋饭。饭后，悟空道：『你家姓甚？』老者道：『舍下姓陈。』三藏闻言，即下来起手道：『老施主，与贫僧是华宗。』行者道：『师父，你是唐姓，怎的和他是华宗？』三藏道：『我俗家也姓陈，乃是唐朝海州弘农郡聚贤庄人氏。我的法名叫做陈玄奘。只因我大唐太宗皇帝赐我做御弟三藏，指唐为姓，故名唐僧也。』那老者见说同姓，又十分欢喜。行者道：『老陈，左右打搅你家。我有五百多年不洗澡了，你可去烧些汤来，与我师徒们洗浴洗浴，一发临行谢你。』那老儿即令烧汤拿盆，掌上灯火。师徒浴罢，坐在灯前。行者道：『老陈，还有一事累你，有针线借我用用。』那老儿道：『有，有，有。』即教妈妈取针线来，递与行者。行者又有眼色：见师父洗浴，脱下一件白布短小直裰未穿，他即扯过来披在身上，却将那虎皮脱下，联接一处，打一个马面样的折子，围在腰间，勒了藤条，走到师父面前道：『老孙今日这等打扮，比昨日如何？』三藏道：『好！好！好！这等样，才像个行者。』三藏道：『徒弟，你不嫌残旧，那件直裰儿，你就穿了罢。』悟空唱个喏道：『承赐，承赐！』他又去寻些草料喂了马。此时各各事毕，师徒与那老儿，亦各归寝。

次早，悟空起来，请师父走路。三藏着衣，教行者收拾铺盖行李。正欲告辞，只见那老儿，早具脸汤，又具斋饭。斋罢，方才起身。三藏上马，行者引路。不觉饥餐渴饮，夜宿晓行，又值初冬时候。但见那：

霜雕红叶千林瘦，岭上几株松柏秀。未开梅蕊散香幽，暖短昼，小春候，菊残荷尽山茶茂。寒桥古树争枝斗，曲涧涓涓泉水溜。淡云欲雪满天浮，朔风骤，牵衣袖，向晚寒威人怎受？

师徒们正走多时，忽见路旁唿哨一声，闯出六个人来，各执长枪短剑，利刃强弓，大吒一声道：『那和尚！那里走！赶早留下马匹，放下行李，饶你性命过去！』唬得那三藏魂飞魄散，跌下马来，不能言语。行者用手扶起道：『师父放心，没些儿事。这都是送衣服送盘缠与我们的。』三藏道：『悟空，你想有些耳闭？他说教我们留马匹、行李，你倒问他要甚么衣服盘缠？』行者道：『你管守着衣服行李马匹，待老孙与他争持一场，看是何如。』三藏道：

六贼无踪

师徒们正走多时，忽见路旁唿哨一声，闯出六个人来，各执长枪短剑，利刃强弓，大吒一声道：『那和尚！那里走！赶早留下马匹，放下行李，饶你性命过去！』

『好手不敌双拳，双拳不如四手。他那里六条大汉，你这般小小的一个人儿，怎么敢与他争持？』

行者的胆量原大，那容分说，走上前来，叉手当胸，对那六个人施礼道：『列位有甚么缘故，阻我贫僧的去路？』那人道：『我等是剪径的大王，行好心的山主。大名久播，你量不知。早早的留下东西，放你过去；若道半个「不」字，教你碎尸粉骨！』行者道：『我也是祖传的大王，积年的山主，却不曾闻得列位有甚大名。』那人道：『你是不知，我说与你听：一个唤做眼看喜，一个唤做耳听怒，一个唤做鼻嗅爱，一个唤作舌尝思，一个唤作意见欲，一个唤作身本忧。』悟空笑道：『原来是六个毛贼！你却不认得我这出家人是你的主人公，你倒来挡路。把那打劫的珍宝拿出来，我与你作七分儿均分，饶了你罢！』那贼闻言，喜的喜，怒的怒，爱的爱，思的思，欲的欲，忧的忧。一齐上前乱嚷道：『这和尚无礼！你的东西全然没有，转来和我等要分东西！』他轮枪舞剑，一拥前来，照行者劈头乱砍，乒乒乓乓，砍有七八十下。悟空停立中间，只当不知。那贼道：『好和尚！真个的头硬！』行者笑道：『将就看得过罢了！你们也打得手困了，却该老孙取出个针儿来耍耍。』那贼道：『这和尚是一个行针灸的郎中变的。我们又无病症，说甚么动针的话！』

行者伸手去耳朵里拔出一根绣花针儿，迎风一幌，却是一条铁棒，足有碗来粗细。拿在手中道：『不要走！也让老孙打一棍儿试试手！』唬得这六个贼四散逃走，被他拽开步，团团赶上，一个个尽皆打死。剥了他的衣服，夺了他的盘缠，笑吟吟走将来道：『师父请行，那贼已被老孙剿了。』三藏道：『你十分撞祸！他虽是剪径的强徒，就是拿到官司，也不该死罪；你纵有手段，只可退他去便了，怎么就都打死？这却是无故伤人的性命，如何做得和尚？出家人「扫地恐伤蝼蚁命，爱惜飞蛾纱罩灯」。你怎么不分皂白，一顿打死？全无一点慈悲好善之心！早还是山野中无人查考，若到城市，倘有人一时冲撞了你，你也行凶，执着棍子，乱打伤人，我可做得白客，怎能脱身？』悟空道：

『师父，我若不打死他，他却要打死你哩。』三藏道：『我这出家人，宁死决不敢行凶。我就死，也只是一身，你却杀了他六人，如何理说？此事若告到官，就是你老子做官，也说不过去。』行者道：『不瞒师父说，我老孙五百年前，据花果山称王为怪的时节，也不知打死多少人；假似你说这般到官，倒也得些状告是。』三藏道：『只因你没收没管，暴横人间，欺天诳上，才受这五百年前之难。今既入了沙门，若是还像当时行凶，一味伤生，去不得西天，做不得和尚！忒恶！忒恶！』

原来这猴子一生受不得人气，他见三藏只管绪绪叨叨，按不住心头火发道：『你既是这等，说我做不得和尚，上不得西天，不必恁般绪聒恶我，我回去便了！』那三藏却不曾答应，他就使一个性子，将身一纵，说一声『老孙去也』三藏急抬头，早已不见。只闻得呼的一声，回东而去。撇得那长老孤孤零零，点头自叹，悲怨不已，道：『这厮这等不受教诲！我但说他几句，他怎么就无形无影的，径回去了？——罢，罢，罢！也是我命里不该招徒弟，进人口！如今欲寻他无处寻，欲叫他叫不应，去来！去来！』正是舍身拚命归西去，莫倚旁人自主张。

那长老只得收拾行李，捎在马上，也不骑马，一只手拄着锡杖，一只手揪着缰绳，凄凄凉凉，往西前进。行不多时，只见山路前面，有一个年高的老母，捧一件绵衣，绵衣上有一顶花帽。三藏见他来得至近，慌忙牵马，立于右侧让行。那老母问道：『你是那里来的长老，孤孤凄凄独行于此？』三藏道：『弟子乃东土大唐奉圣旨往西天拜活佛求真经者。』老母道：『西方佛乃大雷音寺天竺国界，此去有十万八千里路。你这等单人独马，又无个伴侣，又无个徒弟，你如何去得！』三藏道：『弟子日前，收得一个徒弟，他性泼凶顽，是我说了他几句，他不受教，遂渺然而去也。』老母道：『我有这一领绵布直裰，一顶嵌金花帽。原是我儿子用的。他只做了三日和尚，不幸命短身亡。我才去他寺里，哭了一场，辞了他师父，将这两件衣帽拿来，做了忆念。长老啊，你既有徒弟，我把这衣帽送了你罢。』

三藏道：『承老母盛赐；但只是我徒弟已走了，不敢领受。』老母道：『他那厢去了？』三藏道：『我听得呼的一声，他回东去了。』老母道：『东边不远，就是我家，想必往我家去了。我那里还有一篇咒儿，唤做「定心真言」；又名做「紧箍儿咒」。你可暗暗的念熟，牢记心头，再莫泄漏一人知道。我去赶上他，叫他还来跟你，你却将此衣帽与他穿戴。他若不服你使唤，你就默念此咒，他再不敢行凶，也再不敢去了。』

三藏闻言，低头拜谢。那老母化一道金光，回东而去。三藏情知是观音菩萨授此真言，急忙撮土焚香，望东恳恳礼拜。拜罢，收了衣帽，藏在包袱中间。却坐于路旁，诵习那定心真言。来回念了几遍，念得烂熟，牢记心胸不题。

却说那悟空别了师父，一筋斗云，径转东洋大海。按住云头，分开水道，径至水晶宫前。早惊动龙王出来迎接。接至宫里坐下，礼毕。龙王道：『近闻得大圣难满，失贺！想必是重整仙山，复归古洞矣。』悟空道：『我也有此心性；只是又做了和尚了。』龙王道：『做甚和尚？』行者道：『我亏了南海菩萨劝善，教我正果，随东土唐僧，上西方拜佛，皈依沙门，又唤为行者了。』龙王道：『这等真是可贺！可贺！这才叫做改邪归正，惩创善心。既如此，怎么不西去，复东回何也？』行者笑道：『那是唐僧不识人性。有几个毛贼剪径，是我将他打死，唐僧就绪绪叨叨，说了我若干的不是。你想，老孙可是受得闷气的？是我撇了他，欲回本山，故此先来望你一望，求钟茶吃。』龙王道：『承降，承降！』当时龙子、龙孙即捧香茶来献。

茶毕，行者回头一看，见后壁上挂著一幅《圯桥进履》的画儿。行者道：『这是甚么景致？』龙王道：『大圣在先，此事在后，故你不认得。这叫做「圯桥三进履」。』行者道：『怎的是「三进履」？』龙王道：『此仙乃是黄石公。此子乃是汉世张良。石公坐在圯桥上，忽然失履于桥下，遂唤张良取来。此子即忙取来，跪献于前。如此三度，张良略无一毫倨傲怠慢之心，石公遂爱他勤谨，夜授天书，着他扶汉。后果然运筹帷幄之中，决胜千里之外。太平后，弃职归山，从赤松子游，悟成仙道。大圣，你若不保唐僧，不尽勤劳，不受教诲，到底是个妖仙，休想得成正果。』悟空闻言，沉吟半晌不语。龙王道：『大圣自当裁处，不可图自在，误了前程。』悟空道：『莫多话，老孙还去保他便了。』龙王欣喜道：『既如此，不敢久留，请大圣早发慈悲，莫要疏久了你师父。』行者见他催促请行，急耸身，出离海藏，驾着云，别了龙王。

正走，却遇着南海菩萨。菩萨道：『孙悟空，你怎么不受教诲，不保唐僧，来此处何干？』慌得个行者在云端里施礼道：『向蒙菩萨善言，果有唐朝僧到，揭了压帖，救了我命，跟他做了徒弟。他却怪我凶顽，我才子闪了他一闪，如今就去保他也。』菩萨道：『赶早去，莫错过了念头。』言毕，各回。

这行者，须臾间看见唐僧在路旁闷坐。他上前道：『师父！怎么不走路？还在此做甚？』三藏抬头道：『你往那里去来？教我行又不敢行，动又不敢动，只管在此等你。』行者道：『我往东洋大海老龙王家讨茶吃吃。』三藏道：『徒弟啊，出家人不要说谎。你离了我，没多一个时辰，就说到龙王家吃茶？』行者笑道：『不瞒师父说，我会驾筋斗云，一个筋斗有十万八千里路，故此得即去即来。』三藏道：『我略略的言语重了些儿，你就怪我，使个性子丢了我去。像你这有本事的，讨得茶吃；像我这去不得的，只管在此忍饿。你也过意不去呀！』行者道：『师父，你若饿了，我便去与你化些斋吃。』三藏道：『不用化斋。我那包袱里，还有些干粮，是刘太保母亲送的，你去拿钵盂寻些水来，等我吃些儿走路罢。』

行者去解开包袱，在那包裹中间见有几个粗面烧饼，拿出来递与师父。又见那光艳艳的一领绵布直裰，一顶嵌金花帽，行者道：『这衣帽是东土带来的？』三藏就顺口儿答应道：『是我小时穿戴的。这帽子若戴了，不用教经，就会念经；这衣服若穿了，不用演礼，就会行礼。』行者道：『好师父，把与我穿戴了罢。』三藏道：『只怕

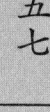

长短不一，你若穿得，就穿了罢。』行者遂脱下旧白布直裰，将绵布直裰穿上，也就是比量着身体裁的一般，把帽儿戴上。

三藏见他戴上帽子，就不吃干粮，却默默的念那紧箍咒一遍。行者叫道：『头痛！头痛！』那师父不住的又念了几遍，把个行者痛得打滚，抓破了嵌金的花帽。三藏又恐怕扯断金箍，住了口不念。不念时，他就不痛了。伸手去头上摸摸，似一条金线儿模样，紧紧的勒在上面，取不下，揪不断，已此生了根了。他就耳里取出针儿来，插入箍里，往外乱捎。三藏又恐怕他捎断了，口中又念起来，他依旧生痛，痛得竖蜻蜓，翻筋斗，耳红面赤，眼胀身麻。那师父见他这等，又不忍不舍，复住了口，他的头又不痛了。行者道：『我这头，原来是师父咒我的。』三藏道：『我念的是紧箍经，何曾咒你？』行者道：『你再念念看。』三藏真个又念。行者真个又痛，只教：『莫念，莫念！念动我就痛了！这是怎么说？』三藏道：『你今番可听我教诲了？』行者道：『听教了！』『你再可无礼了？』行者道：『不敢了！』

他口里虽然答应，心上还怀不善，把那针儿幌一幌，碗来粗细，望唐僧就欲下手，慌得长老口中又念了两三遍，这猴子跌倒在地，丢了铁棒，不能举手，只教：『师父！我晓得了！再莫念！再莫念！』三藏道：『你怎么欺心，就敢打我？』行者道：『我不曾敢打，我问师父，你这法儿是谁教你的？』三藏道：『是适间一个老母传授我的。』行者大怒道：『不消讲了！这个老母，坐定是那个观世音！他怎么那等害我，等我上南海打他去！』三藏道：『此法既是他授与我，他必然先晓得了。你若寻他，他念起来，你却不是死了？』行者见说得有理，真个不敢动身，只得回心，跪下哀告道：『师父，这是他奈何我的法儿，教我随你西去。我也不去惹他，你也莫当常言，只管念诵。我愿保你，再无退悔之意了。』三藏道：『既如此，伏侍我上马去也。』那行者才死心塌地，抖擞精神，束一束绵布直裰，扣背马匹，收拾行李，奔西而进。
毕竟这一去，后面又有甚话说，且听下回分解。

蛇盘山诸神暗佑

师徒两个正然看处，只见那涧当中响一声，钻出一条龙来，推波掀浪，撺出崖山，就抢长老。

第十五回 蛇盘山诸神暗佑 鹰愁涧意马收缰

却说行者伏侍唐僧西进，行经数日，正是那腊月寒天，朔风凛凛，滑冻凌凌。去的是些悬崖峭壁崎岖路，迭岭层峦险峻山。三藏在马上，遥闻唿喇喇水声聒耳，回头叫：『悟空，是那里水响？』行者道：『我记得此处叫做蛇盘山鹰愁涧，想必是涧里水响。』说不了，马到涧边，三藏勒缰观看。但见：

涓涓寒脉穿云过，湛湛清波映日红。
声摇夜雨闻幽谷，彩发朝霞眩太空。
千仞浪飞喷碎玉，一泓水响吼清风。
流归万顷烟波去，鸥鹭相忘没钓逢。

师徒两个正然看处，只见那涧当中响一声，钻出一条龙来，推波掀浪，撺出崖山，就抢长老。慌得个行者丢了行李，把师父抱下马来，回头便走。那条龙就赶不上，把他的白马连鞍辔一口吞下肚去，依然伏水潜踪。行者把师父送在那高阜上坐了，却来牵马挑担，止存得一担行李，不见了马匹。他将行李担送到师父面前道：『师父，那孽龙也不见踪影，只是惊走我的马了。』三藏道：『徒弟啊，却怎生寻得马着么？』行者道：『放心，放心，等我去看来。』

他打个唿哨，跳在空中。火眼金睛，用手搭凉篷，四下里观看，更不见马的踪迹。按落云头，报道：『师父，我们的马断乎是那龙吃了，四下里再看不见。』三藏道：『徒弟呀，那厮能有多大口，却将那匹大马连鞍辔都吃了？想是惊张溜缰，走在那山凹之中。你再仔细看看。』行者道：『你也不知我的本事。我这双眼，白日里常看一千里路的吉凶。像那千里之内，蜻蜓儿展翅，我也看见，何期那匹大马，我就不见！』三藏道：『既是他吃了，我如何前进！可怜啊！这万水千山，怎生走得！』说着话，泪如雨落。

行者见他哭将起来，他那里忍得住暴躁，发声喊道：『师父莫要这等脓包形么！你坐着！坐着！等老孙去寻着那厮，教他还我马匹便了！』三藏却才扯住道：『徒弟啊，你那里去寻他？只怕他暗地里撺将出来，却不又连我都害了？那时节人马两亡，怎生是好！』行者闻得这话，越加嗔怒，就叫喊如雷道：『你忒不济，不济！又要马骑，又不放我去，似这般看着行李，坐到老罢！』

哏哏的吆喝，正难息怒，只听得空中有人言语，叫道：『孙大圣莫恼，唐御弟休哭。我等是观音菩萨差来的一路神祇，特来暗中保取经者。』那长老闻言，慌忙礼拜。行者道：『你等是那几个，可报名来，我好点卯。』众神道：『我等是六丁六甲、五方揭谛、四值功曹、一十八位护教伽蓝，各各轮流值日听候。』行者道：『今日先从谁起？』众揭谛道：『丁甲、功曹、伽蓝轮次。我五方揭谛，惟金头揭谛昼夜不离左右。』行者道：『既如此，不当值者且退，留下六丁神将与日值功曹和众揭谛保守着我师父。等老孙寻那涧中的孽龙，教他还我马来。』众神遵令。三藏才放下心，坐在石崖之上，吩咐：『行者仔细。』行者道：『只管宽心。』好猴王，束一束绵布直裰，撩起虎皮裙子，揝着金箍铁棒，抖擞精神，径临涧壑，半云半雾的，在那水面上高叫道：『泼泥鳅，还我马来！还我马来！』

却说那龙吃了三藏的白马，伏在那涧底中间，潜灵养性。只听得有人叫骂索马，他按不住心中火发，急纵身跃浪翻波，跳将上来道：『是那个敢在这里海口伤吾？』行者见了他，大吒一声：『休走！还我马来！』轮着棍，劈头就打。那条龙张牙舞爪来抓。他两个在涧边前这一场赌斗，果是骁雄。但见那：

龙舒利爪，猴举金箍。那个须垂白玉线，这个眼幌赤金灯。那个须下明珠喷彩雾，这个手中铁棒舞狂风。那个是迷爷娘的业子，这个是欺天将的妖精。他两个都因有难遭磨折，今要成功各显能。

来来往往，战罢多时，盘旋良久，那条龙力软筋麻，不能抵敌，打一个转身，又撺于水内，深潜涧底，再不出头。被猴王骂詈不绝，他也只推耳聋。

行者没及奈何，只得回见三藏道：『师父，这个怪被老孙骂将出来，他与我赌斗多时，怯战而走，只躲在水中间，再不出来了。』三藏道：『不知端的可是他吃了我马？』行者道：『你看你说的话！不是他吃了，他还肯出来招声，与老孙犯对？』三藏道：『你前日打虎时，曾说有降龙伏虎的手段，今日如何便不能降他？』原来那猴子吃不得人急他，见三藏抢白了他这一句，他就发起神威道：『不要说，不要说！等我与他再见个上下！』

这猴王拽开步，跳到涧边，使出那翻江搅海的神通，把一条鹰愁陡涧彻底澄清的水，搅得似那九曲黄河泛涨的波。那孽龙在于深涧中，坐卧不宁，心中思想道：『这才是福无双降，祸不单行。我才脱了天条死难，不上一年，在此随缘度日，又撞着这般个泼魔，他来害我！』你看他越思越恼，受不得屈气，咬着牙，跳将出去，骂道：『你是那里来的泼魔，这等欺我！』行者道：『你莫管我那里不那里，你只还了马，我就饶你性命！』那龙道：『你的马是我吞下肚去，如何吐得出来！不还你，便待怎的！』行者道：『不还马时看棍！只打杀你，偿了我马的性命便罢！』他两个又在那山崖下苦斗。斗不数合，小龙委实难搪，将身一幌，变作一条水蛇儿，钻入草科中去了。

猴王拿着棍，赶上前来，拨草寻蛇，那里得些影响。急得他三尸神咋，七窍烟生，念了一声『唵』字咒语，即唤出当坊土地、本处山神，一齐来跪下道：『山神、土地来见。』行者道：『伸过孤拐来，各打五棍见面，与老孙散散心！』二神叩头哀告道：『望大圣方便，容小神诉告。』行者道：『你说甚么？』二神道：『大圣一向久困，小神不知几时出来，所以不曾接得，万望恕罪。』行者道：『既如此，我且不打你。我问你：鹰愁涧里，是那方来的怪龙？他怎么抢了我师父的白马吃了？』二神道：『大圣自来不曾有师父，原来是个不伏天不伏地混元上真，如何得有甚么师父的马来？』行者道：『你等是也不知。我只为那诳上的勾当，整受了这五百年的苦难。今蒙观音菩萨劝善，着唐朝驾下真僧救出我来，教我跟他做徒弟，往西天去拜佛求经。因路过此处，失了我师父的白马。』二神道：『原来是如此。这涧中自来无邪，只是深陡宽阔，水光彻底澄清，鸦鹊不敢飞过；因水清照见自己的形影，便认做同群之鸟，往往身掷于水内：故名「鹰愁陡涧」。只是向年间，观音菩萨因为寻访取经人去，救了一条玉龙，送他在此，教他等候那取经人，不许为非作歹，他只是饥了时，上岸来扑些鸟鹊吃，或是捉些獐鹿食用。不知他怎么无知，今日冲撞了大圣。』行者道：『先一次，他还与老孙侮手，盘旋了几合；后一次，是老孙叫骂，他再不出。因此使了一个翻江搅海的法儿，搅混了他涧水，他就撺将上来，还要争持。不知老孙的棍重，他遮架不住，就变做一条水蛇，钻在草里。我赶来寻他，却无踪迹。』土地道：『大圣不知。这条涧千万个孔窍相通，故此这波澜深远。想是此间也有一孔，他钻将下去。也不须大圣发怒，在此找寻；要擒此物，只消请将观世音来，自然伏了。』

蛇盘山诸神暗佑
鹰愁涧意马收缰

来来往往，战罢多时，盘旋良久，那条龙力软筋麻，不能抵敌，打一个转身，又撺于水内，深潜涧底，再不出头。被猴王骂詈不绝，他也只推耳聋。

行者见说，唤山神、土地，同来见了三藏，具言前事。三藏道：『若要去请菩萨，几时才得回来？我贫僧饥寒怎忍！』说不了，只听得暗空中有金头揭谛叫道：『大圣，你不须动身，小神去请菩萨来也。』行者大喜，道声：『有累，有累！快行，快行！』那揭谛急纵云头，径上南海。行者吩咐山神、土地守护师父，日值功曹去寻斋供，他又去涧边巡绕不题。

却说金头揭谛，一驾云，早到了南海。按祥光，直至落伽山紫竹林中，托那金甲诸天与木叉惠岸转达，得见菩萨。菩萨道：『汝来何干？』揭谛道：『唐僧在蛇盘山鹰愁陡涧失了马，急得孙大圣进退两难。及问本处土神，说是菩萨送在那里的孽龙吞了，那大圣着小神来告请菩萨降这孽龙，还他马匹。』菩萨闻言道：『这厮本是西海敖闰之子。他为纵火烧了殿上明珠，他父告他忤逆，天庭上犯了死罪，是我亲见玉帝，讨他下来，教他与唐僧做个脚力。他怎么反吃了唐僧的马？这等说，等我去来。』那菩萨降莲台，径离仙洞，与揭谛驾着祥光，过了南海而来。有诗为证。诗曰：

佛说蜜多三藏经，菩萨扬善满长城。
摩诃妙语通天地，般若真言救鬼灵。
致使金蝉重脱壳，故令玄奘再修行。
只因路阻鹰愁涧，龙子归真化马形。

那菩萨与揭谛，不多时，到了蛇盘山。却在那半空里留住祥云，低头观看。只见孙行者正在涧边叫骂。菩萨着揭谛唤他来。那揭谛按落云头，不经由三藏，直至涧边，对行者道：『菩萨来也。』行者闻得，急纵云跳到空中，对他大叫道：『你这个七佛之师，慈悲的教主，你怎么生方法儿害我！』菩萨道：『你把你这个大胆的马流，村愚的赤尻！我倒再三尽意，度得个取经人来，叮咛教他救你性命，你怎么不来谢我活命之恩，反来与我嚷闹？』行者道：『你弄得我好哩！你既放我出来，让我逍遥自在耍子便了；你前日在海上迎着我，伤了我几句，教我来尽心竭力，伏侍唐僧便罢了；你怎么送他一顶花帽，哄我戴在头上受苦？把这个箍子长在老孙头上，又教他念一卷甚么「紧箍儿咒」，着那老和尚念了又念，教我这头上疼了又疼，这不是你害我也？』菩萨笑道：『你这猴子！你不遵教令，不受正果，若不如此拘系你，你又诳上欺天，知甚好歹！再似从前撞出祸来，有谁收管？须是得这个魔头，你才肯入我瑜伽之门路哩！』

行者道：『这桩事，作做是我的魔头罢；你怎么又把那有罪的孽龙，送在此处成精，教他吃了我师父的马匹？此又是纵放歹人为恶，太不善也！』菩萨道：『那条龙，是我亲奏玉帝，讨他在此，专为求经人做个脚力。你想那东土

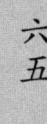

来的凡马，怎历得这万水千山？怎到得那灵山佛地？须是得这个龙马，方才去得。』行者道：『像他这般惧怕老孙，潜躲不出，如之奈何？』菩萨叫揭谛道：『你去涧边叫一声「敖闰龙王玉龙三太子，你出来，有南海菩萨在此。」他就出来了。』那揭谛果去涧边叫了两遍。那小龙翻波跳浪，跳出水来，变作一个人像，踏了云头，到空中对菩萨礼拜道：『向蒙菩萨解脱活命之恩，在此久等，更不闻取经人的音信。』菩萨指着行者道：『这不是取经人的大徒弟？』小龙见了道：『菩萨，这是我的对头。我昨日腹中饥馁，果然吃了他的马匹。他倚着有些力量，将我斗得力怯而回；又骂得我闭门不敢出来。他更不曾提着一个「取经」的字样。』行者道：『你又不曾问我姓甚名谁，我怎么就说？』小龙道：『我不曾问你是那里来的泼魔？你嚷道：「管甚么那里不那里，只还我马来！」何曾说出半个「唐」字！』菩萨道：『那猴头，专倚自强，那肯称赞别人？今番前去，还有归顺的哩。若问时，先提起「取经」的字来，却也不用劳心，自然拱伏。』

行者欢喜领教。菩萨上前，把那小龙的项下明珠摘了，将杨柳枝蘸出甘露，往他身上拂了一拂，吹口仙气，喝声叫『变！』那龙即变做他原来的马匹毛片。又将言语吩咐道：『你须用心了还业障；功成后，超越凡龙，还你个金身正果。』那小龙口衔着横骨，心心领诺。

菩萨教悟空领他去见三藏，『我回海上去也。』行者扯住菩萨不放道：『我不去了，我不去了！西方路这等崎岖，保这个凡僧，几时得到？似这等多磨多折，老孙的性命也难全，如何成得甚么功果！我不去了，我不去了！』菩萨道：『你当年未成人道，且肯尽心修悟；你今日脱了天灾，怎么倒生懒惰？我门中以寂灭成真，须是要信心正果；假若到了那伤身苦磨之处，我许你叫天天应，叫地地灵。十分再到那难脱之际，我也亲来救你。你过来，我再赠你一般本事。』菩萨将杨柳叶儿，摘下三个，放在行者的脑后，喝声『变！』即变做三根救命的毫毛，教他：『若到那无济无主的时节，可以随机应变，救得你急苦之灾。』行者闻了这许多好言，才谢了大慈大悲的菩萨。那菩萨香风绕绕，彩雾飘飘，径转普陀而去。

这行者才按落云头，揪着那龙马的顶鬃，来见三藏道：『师父，马有了也。』三藏一见大喜道：『徒弟，这马怎么比前反肥盛了些？在何处寻着的？』行者道：『师父，你还做梦哩！却才是金头揭谛请了菩萨来，把那涧里龙化作我们的白马。其毛片相同，只是少了鞍辔，着老孙揪将来也。』三藏大惊道：『菩萨何在？待我去拜谢他。』行者道：『菩萨此时已到南海，不耐烦矣。』三藏就撮土焚香，望南礼拜。拜罢，起身即与行者收拾前进。行者喝退了山神、土地，吩咐了揭谛、功曹，却请师父上马。三藏道：『那无鞍辔的马，怎生骑得？且待寻船渡过涧去，再作区处。』行者道：『这个师父好不知时务！这个旷野山中，船从何来？这匹马，他在此久住，必知水势，就骑着他做个船儿过去罢。』三藏无奈，只得依言，跨了划马。行者挑着行囊。到了涧边。

只见那上流头，有一个渔翁，撑着一个枯木的筏子，顺流而下。行者见了，用手招呼道：『那老渔，你来，你来。我是东土取经去的。我师父到此难过，你来渡他一渡。』渔翁闻言，即忙撑拢。行者请师父下了马，扶持左右。三藏上了筏子，揪上马匹，安了行李。那老渔撑开筏子，如风似箭，不觉的过了鹰愁陡涧，上了西岸。三藏教行者解开包袱，取出大唐的几文钱钞，送与老渔。老渔把筏子一篙撑开道：『不要钱，不要钱。』向中流渺渺茫茫而去。三藏甚不过意，只管合掌称谢。行者道：『师父休致意了。你不认得他？他是此涧里的水神。不曾来接得我老孙，老孙还要打他哩。只如今免打就够了他的，怎敢要钱！』那师父也似信不信，只得又跨着划马，随着行者，径投大路，奔西而去。这正是：广大真知登彼岸，诚心了性上灵山。同师前进，不觉的红日沉西，天光渐晚。但见：

淡云撩乱，山月昏蒙。满天霜色生寒，四面风声透体。孤鸟去时苍渚阔，落霞明处远山低。疏林千树吼，空

鹰愁涧意马收缰

猴王拿着棍，赶上前来，拨草寻蛇，那里得些影响。急得他三尸神咋，七窍烟生，念了一声『唵』字咒语，即唤出当坊土地、本处山神。

岭独猿啼。长途不见行人迹，万里归舟入夜时。

三藏在马上遥观，忽见路旁一座庄院。三藏道：『悟空，前面人家，可以借宿，明早再行。』行者抬头看见道：『师父，不是人家庄院。』三藏道：『如何不是？』行者道：『人家庄院，却没飞鱼稳兽之脊，这断是个庙宇庵院。』

师徒们说着话，早已到了门首。三藏下了马，只见那门上有三个大字，乃『里社祠』，遂入门里。那里边有一个老者，顶挂着数珠儿，合掌来迎，叫声：『师父请坐。』三藏慌忙答礼，上殿去参拜了圣像。那老者即呼童子献茶。茶罢，三藏问老者道：『此庙何为「里社」？』老者道：『敝处乃西番哈咇国界。这庙后有一庄人家，共发虔心，立此庙宇。里者，乃一乡里地；社者，乃一社土神。每遇春耕、夏耘、秋收、冬藏之日，各办三牲花果，来此祭社，以保四时清吉，五谷丰登，六畜茂盛故也。』三藏闻言，点头夸赞：『正是「离家三里远，别是一乡风。」我那里人家，更无此善。』老者却问：『师父仙乡是何处？』三藏道：『贫僧是东土大唐国，奉旨意，上西天拜佛求经的。路过宝坊，天色将晚，特投圣祠，告宿一宵，天光即行。』那老者十分欢喜，道了几声『失迎』，又叫童子办饭。三藏吃毕，谢了。

行者的眼乖，见他房檐下，有一条搭衣的绳子，走将去，一把扯断，将马脚系住。那老者笑道：『这马是那里偷来的？』行者怒道：『你那老头子，说话不知高低！我们是拜佛的圣僧，又会偷马！』老儿笑道：『不是偷的，如何没有鞍辔缰绳，却来扯断我晒衣的索子？』三藏陪礼道：『这个顽皮，只是性燥。你要拴马，好生问老人家讨条绳子，如何就扯断他的衣索？老先休怪，休怪。我这马，实不瞒你说，不是偷的；昨日东来，至鹰愁陡涧，原有骑的一匹白马，鞍辔俱全，不期那涧里有条孽龙，在彼成精，他把我的马，连鞍辔一口吞之。幸亏我徒弟有些本事，又感得观音菩萨来涧边擒住那龙，教他就变做我原骑的白马，毛片俱同，驮我上西天拜佛。今此过涧，未经一日，却到了老先的圣祠，还不曾置得鞍辔哩。』那老者道：『师父休怪，我老汉作笑耍子，谁知你高徒认真。我小时也有几个村钱，也好骑匹骏马；只因累岁屯邅，遭丧失火，到此没了下梢，故充为庙祝，侍奉香火。幸亏这后庄施主家募化度日。我那里倒还有一副鞍辔，是我平日心爱之物，就是这等贫穷，也不曾舍得卖了。才听老师父之言，菩萨尚且救护，神龙教他化马驮你，我老汉却不能少有周济，明日将那鞍辔取来，愿送老师父，扣背前去，乞为笑纳。』三藏闻言，称谢不尽。早又见童子拿出晚斋。斋罢，掌上灯，安了铺，各各寝歇。

至次早，行者起来道：『师父，那庙祝老儿，昨晚许我们鞍辔，问他要，不要饶他。』说未了，只见那老儿，果擎着一副鞍辔，衬屉、缰笼之类，凡马上一切用的，无不全备，放在廊下道：『师父，鞍辔奉上。』三藏见了，欢喜

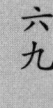

领受。教行者拿了，背上马看，可相称否。行者走上前，一件件的取起看了，果然是些好物。有诗为证。诗曰：

雕鞍彩晃柬银星，宝凳光飞金线明。
衬屉几层绒苫迭，牵缰三股紫丝绳。
辔头皮札团花粲，云扇描金舞兽形。
环嚼叩成磨炼铁，两垂蘸水结毛缨。

行者心中暗喜，将鞍辔背在马上，就似量着做的一般。三藏拜谢那老，那老慌忙搀起道：『惶恐，惶恐！何劳致谢？』那老者也不再留，请三藏上马。那长老出得门来，攀鞍上马。行者担着行李。那老儿复袖中取出一条鞭儿来，却是皮丁儿寸札的香藤柄子，虎筋丝穿结的梢儿，在路旁拱手奉上道：『圣僧，我还有一条挽手儿，一发送了你罢。』那三藏在马上接了道：『多承布施！多承布施！』

正打问讯，却早不见了那老儿。及回看那里社祠，是一片光地。只听得半空中有人言语道：『圣僧，多简慢你。我是落伽山山神、土地，蒙菩萨差送鞍辔与汝等的。汝等可努力西行，却莫一时怠慢。』慌得个三藏滚鞍下马，望空礼拜道：『弟子肉眼凡胎，不识尊神尊面，望乞恕罪。烦转达菩萨，深蒙恩佑。』你看他只管朝天磕头，也不计其数。路旁边活活的笑倒个孙大圣，孜孜的喜坏个美猴王，上前来扯住唐僧道：『师父，你起来罢。他已去得远了，听不见你祷祝，看不见你磕头。只管拜怎的？』长老道：『徒弟呀，我这等磕头，你也就不拜他一拜，且立在旁边，只管哂笑，是何道理？』行者道：『你那里知道？像他这个藏头露尾的，本该打他一顿；只为看菩萨面上，饶他打尽够了，他还敢受我老孙之拜？老孙自小儿做好汉，不晓得拜人，就是见了玉皇大帝、太上老君，我也只是唱个喏便罢了。』三藏道：『不当人子！莫说这空头话！快起来，莫误了走路。』那师父才起来收拾投西而去。

此去行有两个月太平之路，相遇的都是些虏虏、回回，狼虫虎豹。光阴迅速，又值早春时候。但见山林锦翠色，草木发青芽；梅英落尽，柳眼初开。师徒们行玩春光，又见太阳西坠。三藏勒马遥观，山凹里，有楼台影影，殿阁沉沉。三藏道：『悟空，你看那里是甚么去处？』行者抬头看了道：『不是殿宇，定是寺院。我们赶起些，那里借宿去。』三藏欣然从之，放开龙马，径奔前来。

毕竟不知此去是甚么去处，且听下回分解。

观音院僧谋宝贝

你看他不由分说，急急的走了去，把个包袱解开，早有霞光迸迸；尚有两层油纸裹定，去了纸，取出袈裟，抖开时，红光满室，彩气盈庭。众僧见了，无一个不心欢口赞。真个好袈裟！

第十六回　观音院僧谋宝贝　黑风山怪窃袈裟

却说他师徒两个，策马前来，直至山门首观看，果然是一座寺院。但见那：

层层殿阁，迭迭廊房。三山门外，巍巍万道彩云遮；五福堂前，艳艳千条红雾绕。两路松篁，一林桧柏。两路松篁，无年无纪自清幽；一林桧柏，有色有颜随傲丽。又见那钟鼓楼高，浮屠塔峻。安禅僧定性，啼树鸟音闲。寂寞无尘真寂寞，清虚有道果清虚。

诗曰：

上刹祇园隐翠窝，招提胜景赛娑婆。

果然净土人间少，天下名山僧占多。

长老下了马，行者歇了担，正欲进门，只见那门里走出一众僧来。你看他怎生模样：

头戴左笄帽，身穿无垢衣。
铜环双坠耳，绢带束腰围。
草履行来稳，木鱼手内提。
口中常作念，般若总皈依。

三藏见了，侍立门旁，道个问讯，那和尚连忙答礼。答道：『失瞻。』问：『是那里来的？请入方丈献茶。』三藏道：『我弟子乃东土钦差，上雷音寺拜佛求经。至此处天色将晚，欲借上刹一宵。』那和尚道：『请进里坐，请进里坐。』三藏方唤行者牵马进来。那和尚忽见行者相貌，有些害怕，便问：『那牵马的是个甚么东西？』三藏道：『悄言，悄言！他的性急，若听见你说是甚么东西，他就恼了。他是我的徒弟。』那和尚打了个寒噤，咬着指头道：『这般一个丑头怪脑的，好招他做徒弟！』三藏道：『你看不出来哩，丑自丑，甚是有用。』

那和尚只得同三藏与行者进了山门。山门里，又见那正殿上书四个大字，是『观音禅院』。三藏又大喜道：『弟子屡感菩萨圣恩，未及叩谢；今遇禅院，就如见菩萨一般，甚好拜谢。』那和尚闻言，即命道人开了殿门，请三藏朝拜。那行者拴了马，丢了行李，同三藏上殿。三藏展背舒身，铺胸纳地，望金像叩头。那和尚便去打鼓，行者就去撞钟。三藏俯伏台前，倾心祷祝。祝拜已毕，那和尚住了鼓，行者还只管撞钟不歇，或紧或慢，撞了许久。那道人道：『拜已毕了，还撞钟怎么？』行者方丢了钟杵，笑道：『你那里晓得！我这是「做一日和尚撞一日钟」的。』

此时却惊动那寺里大小僧人、上下房长老，听得钟声乱响，一齐拥出道：『那个野人在这里乱敲钟鼓！』行者跳将出来，『咄』的一声道：『是你孙外公撞了耍子的！』那些和尚一见了，唬得跌跌滚滚，都爬在地下道：『雷公爷爷！』行者道：『雷公是我的重孙儿哩！起来，起来，不要怕，我们是东土大唐来的老爷。』众僧方才礼拜；见了三藏，都才放心不怕。内有本寺院主请道：『老爷们到后方丈中奉茶。』遂而解缰牵马，抬了行李，转过正殿，径入后房，序了坐次。

那院主献了茶，又安排斋供。天光尚早。三藏称谢未毕，只见那后面有两个小童，搀着一个老僧出来。看他怎生打扮：

头上戴一顶毗卢方帽，猫睛石的宝顶光辉；身上穿一领锦绒褊衫，翡翠毛的金边晃亮。一对僧鞋攒八宝，一根拄杖嵌云星。满面皱痕，好似骊山老母；一双昏眼，却如东海龙君。口不关风因齿落，腰驼背屈为筋挛。

众僧道：『师祖来了。』三藏躬身施礼迎接着：『老院主，弟子拜揖。』那老僧还了礼，又各叙坐。老僧道：『适间小的们说，东土唐朝来的老爷，我才出来奉见。』三藏道：『轻造宝山，不知好歹，恕罪！恕罪！』老僧道：『不敢！不敢！』因问：『老爷，东土到此，有多少路程？』三藏道：『出长安边界，有五千余里；过两界山，收了一众小徒，一路来，行过西番哈咇国，经两个月，又有五六千里，才到了贵处。』老僧道：『也有万里之遥了。我弟子虚度一生，山门也不曾出去，诚所谓「坐井观天」，樗朽之辈。』三藏又问：『老院主高寿几何？』老僧道：『痴长二百七十岁了。』行者听见道：『这还是我万代孙儿哩！』三藏瞅了他一眼道：『谨言！莫要不识高低，冲撞人。』那和尚便问：『老爷，你有多少年纪了？』行者道：『不敢说。』那老僧也只当一句疯话，便不介意，也不再问，只叫献茶。有一个小幸童，拿出一个羊脂玉的盘儿，有三个法蓝镶金的茶钟；又一童，提一把白铜壶儿，斟了三杯香茶。真个是色欺榴蕊艳，味胜桂花香。三藏见了，夸爱不尽道：『好物件！好物件！真是美食美器！』那老僧道：『污眼！污眼！老爷乃天朝上国，广览奇珍，似这般器具，何足过奖？老爷自上邦来，可有甚么宝贝，借与弟子一观？』三藏道：『可怜！我那东土，无甚宝贝；就有时，路程遥远，也不能带得。』

行者在旁道：『师父，我前日在包袱里，曾见那领袈裟，不是件宝贝？拿与他看看何如？』众僧听说袈裟，一个个冷笑。行者道：『你笑怎的？』院主道：『老爷才说袈裟是件宝贝，言实可笑。若说袈裟，似我等辈者，不止二三十件；若论我师祖，在此处做了二百五六十年和尚，足有七八百件！』叫：『拿出来看看。』那老和尚也是他一时卖弄，便叫道人开库房，头陀抬柜子，就抬出十二柜，放在天井中，开了锁，两边设下衣架，四围牵了绳子，将袈裟一件件抖开挂起，请三藏观看。果然是满堂绮绣，四壁绫罗！

行者一一观之，都是些穿花纳锦，刺绣销金之物。笑道：『好，好，好！收起，收起！把我们的也取出来看看。』三藏把行者扯住，悄悄的道：『徒弟，莫要与人斗富。你我是单身在外，只恐有错。』行者道：『看看袈裟，有何差错？』三藏道：『你不曾理会得。古人有云：「珍奇玩好之物，不可使见贪婪奸伪之人。」倘若一经入目，必动其心，既动其心，必生其计。汝是个畏祸的，索之而必应其求，可也；不然，则殒身灭命，皆起于此，事不小矣。』行者道：『放心，放心，都在老孙身上！』你看他不由分说，急急的走了去，把个包袱解开，早有霞光迸迸；尚有两层油纸裹定，去了纸，取出袈裟，抖开时，红光满室，彩气盈庭。众僧见了，无一个不心欢口赞。真个好袈裟！上头有：

千般巧妙明珠坠，万样稀奇佛宝攒。

上下龙须铺彩绮，兜罗四面锦沿边。

体挂魍魉从此灭，身披魑魅入黄泉。

托化天仙亲手制，不是真僧不敢穿。

那老和尚见了这般宝贝，果然动了奸心，走上前，对三藏跪下，眼中垂泪道：『我弟子真是没缘！』三藏搀起道：『老院师有何话说？』他道：『老爷这件宝贝，方才展开，天色晚了，奈何眼目昏花，不能看得明白，岂不是无缘！』三藏教：『掌上灯来，让你再看。』那老僧道：『爷爷的宝贝，已是光亮；再点了灯，一发晃眼，莫想看得仔细。』行者道：『你要怎的看才好？』老僧道：『老爷若是宽恩放心，教弟子拿到后房，细细的看一夜，明早送还老爷西去，不知尊意何如？』三藏听说，吃了一惊，埋怨行者道：『都是你，都是你！』行者笑道：『怕他怎的？等我包起来，教他拿了去看。但有疏虞，尽是老孙管整。』那三藏阻当不住，他把袈裟递与老僧道：『凭你看去；只是明早照旧还我，不得损污些须。』老僧喜喜欢欢，着幸童将袈裟拿进去，却吩咐众僧，将前面禅堂扫净，取两张藤床，安设铺盖，请二位老爷安歇；一壁厢又教安排明早斋送行，遂而各散。师徒们关了禅堂，睡下不题。

却说那和尚把袈裟骗到手，拿在后房灯下，对袈裟号啕痛哭，慌得那本寺僧，不敢先睡。小幸童也不知为何，却去报与众僧道：『公公哭到二更时候，还不歇声。』有两个徒孙，是他心爱之人，上前问道：『师公，你哭怎的？』老僧道：『我哭无缘，看不得唐僧宝贝！』小和尚道：『公公年纪高大，发过了。他的袈裟，放在你面前，你只消解开看便罢了，何须痛哭？』老僧道：『看的不长久。我今年二百七十岁，空挣了几百件袈裟。怎么得有他这一件？怎么得做个唐僧？』小和尚道：『师公差了。唐僧乃是离乡背井的一个行脚僧。你这等年高，享用也够了，倒要像他做行脚僧，何也？』老僧道：『我虽是坐家自在，乐乎晚景，却不得他这袈裟穿穿。若教我穿得一日儿，就死也闭眼，也是我来阳世间为僧一场！』

众僧道：『好没正经！你要穿他的，有何难处？我们明日留他住一日，你就穿他一日；留他住十日，你就穿他十日，便罢了。何苦这般痛哭？』老僧道：『纵然留他住了半载，也只穿得半载，到底也不得气长。他要去时，只得与他去，怎生留得长远？』

正说话处，有一个小和尚，名唤广智，出头道：『公公，要得长远，也容易。』老僧闻言，就欢喜起来道：『我儿，你有甚么高见？』广智道：『那唐僧两个是走路的人，辛苦之甚，如今已睡着了。我们想几个有力量的，拿了枪刀，打开禅堂，将他杀了，把尸首埋在后园，只我一家知道，却又谋了他的白马、行囊，却把那袈裟留下，以为传家之宝，岂非子孙长久之计耶？』老和尚见说，满心欢喜，却才揩了眼泪道：『好，好，好！此计绝妙！』即便收拾枪刀。

内中又有一个小和尚，名唤广谋，就是那广智的师弟，上前来道：『此计不妙。若要杀他，须要看看动静。那个白脸的似易，那个毛脸的似难；万一杀他不得，却不反招己祸？我有一个不动刀枪之法，不知你尊意如何？』老僧道：『我儿，你有何法？』广谋道：『依小孙之见，如今唤聚东山大小房头，每人要干柴一束，舍了那三间禅堂，放起火来，教他欲走无门，连马一火焚之。就是山前山后人家看见，只说是他自不小心，走了火，将我禅堂都烧了。那两个和尚，却不都烧死？又好掩人耳目。袈裟岂不是我们传家之宝？』那些和尚闻言，无不欢喜。都道：『强，强，强！此计更妙，更妙！』遂教各房头搬柴来。唉！这一计，正是弄得个高寿老僧该尽命，观音禅院化为尘！原来他那寺里，有七八十个房头，大小有二百余众。当夜一拥搬柴，把个禅堂，前前后后，四面围绕不通，安排放火不题。

却说三藏师徒，安歇已定。那行者却是个灵猴，虽然睡下，只是存神炼气，朦胧着醒眼。忽听得外面不住的人走，揸揸的柴响风生。他心疑惑道：『此时夜静，如何有人行得脚步之声？莫敢是贼盗，谋害我们的？……』他就一骨鲁跳起。欲要开门出看，又恐惊醒师父。你看他弄个精神，摇身一变，变做一个蜜蜂儿。真个是：

口甜尾毒，腰细身轻。穿花度柳飞如箭，粘絮寻香似落星。小小微躯能负重，嚣嚣薄翅会乘风。却自椽棱

观音院僧谋宝贝
黑风山怪窃袈裟

他却去那后面老和尚住的方丈房上头坐，着意保护那袈裟。看那些人放起火来，他转捻诀念咒，望巽地上吸一口气吹将去，一阵风起，把那火转刮得烘烘乱着，好火，好火！

下，钻出看分明。

只见那众僧们，搬柴运草，已围住禅堂放火哩。行者暗笑道：『果依我师父之言！他要害我们性命，谋我的袈裟，故起这等毒心。我待要拿棍打他啊，可怜又不禁打，一顿棍都打死了，师父又怪我行凶。罢，罢，罢！与他个「顺手牵羊，将计就计」，教他住不成罢！』

好行者，一筋斗跳上南天门里，唬得个庞、刘、苟、毕躬身，马、赵、温、关控背，俱道：『不好了，不好了！那闹天宫的主子又来了！』行者摇着手道：『列位免礼，休惊。我来寻广目天王的。』说不了，却遇天王早到，迎着行者道：『久阔，久阔。前闻得观音菩萨来见玉帝，借了四值功曹、六丁六甲并揭谛等，保护唐僧往西天取经去，说你与他做了徒弟，今日怎么得闲到此？』行者道：『且休叙阔。唐僧路遇歹人，放火烧他，事在万分紧急，特来寻你借「辟火罩儿」，救他一救。快些拿来使使，即刻返上。』天王道：『你差了；既是歹人放火，只该借水救他，如何要辟火罩？』行者道：『你那里晓得就里。借水救之，却烧不起来，倒相应了他；只是借此罩，护住了唐僧无伤，其余管他，尽他烧去。快些，快些！此时恐已无及。莫误了我下边干事！』那天王笑道：『这猴子还是这等起不善之心，只顾了自家，就不管别人。』行者道：『快着，快着！莫要调嘴，害了大事！』那天王不敢不借，遂将罩儿递与行者。

行者拿了，按着云头，径到禅堂房脊上，罩住了唐僧与白马、行李。他却去那后面老和尚住的方丈房上头坐，着意保护那袈裟。看那些人放起火来，他转捻诀念咒，望巽地上吸一口气吹将去，一阵风起，把那火转刮得烘烘乱着，好火，好火！但见：

黑烟漠漠，红焰腾腾：黑烟漠漠，长空不见一天星；红焰腾腾，大地有光千里赤。起初时，灼灼金蛇；次后来，威威血马。南方三炁逞英雄，回禄大神施法力。燥干柴烧烈火性，说甚么燧人钻木；熟油门前飘彩焰，赛过了老祖开炉。正是那无情火发，怎禁这有意行凶；不去弭灾，反行助虐。风随火势，焰飞有千丈余高；火趁风威，灰迸上九霄云外。乒乒乓乓，好便似残年爆竹；泼泼喇喇，却就如军中炮声。烧得那当场佛像莫能逃，东院伽蓝无处躲。胜如赤壁夜鏖兵，赛过阿房宫内火！

这正是星星之火，能烧万顷之田。须臾间，风狂火盛，把一座观音院，处处通红。你看那众和尚，搬箱抬笼，抢桌端锅，满院里叫苦连天。孙行者护住了后边方丈，辟火罩罩住了前面禅堂，其余前后火光大发，真个是照天红焰辉煌，透壁金光照耀！

不期火起之时，惊动了一山兽怪。这观音院正南二十里远近，有座黑风山，山中有一个黑风洞，洞中有一个妖精，正在睡醒翻身。只见那窗门透亮，只道是天明。起来看时，却是正北下的火光晃亮，妖精大惊道：『呀！这必是观音院里失了火，这些和尚好不小心！我看时，与他救一救来。』好妖精，纵起云头，即至烟火之下，果然冲天之火，前面殿宇皆空，两廊烟火方灼。他大拽步，撞将进去，正呼唤叫取水来，只见那后房无火，房脊上有一人放风。他却情知如此，急入里面看时，见那方丈中间有些霞光彩气，台案上有一个青毡包袱。他解开一看，见是一领锦襕袈裟，乃佛门之异宝。正是财动人心，他也不救火，他也不叫水，拿着那袈裟，趁哄打劫，拽回云步，径转东山而去。

那场火只烧到五更天明，方才灭息。你看那众僧们，赤赤精精，啼啼哭哭，都去那灰内寻铜铁，拨腐炭，扑金银。有的在墙筐里，苫搭窝棚；有的赤壁根头，支锅造饭；叫冤叫屈，乱嚷乱闹不题。

却说行者取了辟火罩，一筋斗送上南天门，交与广目天王道：『谢借！谢借！』天王收了道：『大圣至诚了。我正愁你不还我的宝贝，无处寻讨，且喜就送来也。』行者道：『老孙可是那当面骗物之人？这叫做「好借好还，再借不难。」』天王道：『许久不面，请到宫少坐一时，何如？』行者道：『老孙比在前不同，「烂板凳，高谈阔论」了；如今保唐僧，不得身闲。容叙！容叙！』急辞别坠云，又见那太阳星上。径来到禅堂前，摇身一变，变做个蜜蜂儿，飞将进去，现了本象看时，那师父还沉睡哩。

行者叫道：『师父，天亮了，起来罢。』三藏才醒觉，翻身道：『正是。』穿了衣服，开门出来，忽抬头，只见些倒壁红墙，不见了楼台殿宇。大惊道：『呀！怎么这殿宇俱无？都是红墙，何也？』行者道：『你还做梦哩！今夜走了火的。』三藏道：『我怎不知？』行者道：『是老孙护了禅堂，见师父浓睡，不曾惊动。』三藏道：『你有本事护了禅堂，如何就不救别房之火？』行者笑道：『好教师父得知。果然依你昨日之言，他爱上我们的袈裟，算计要烧杀我们。若不是老孙知觉，到如今皆成灰骨矣！』三藏闻言，害怕道：『是他们放的火么？』行者道：『不是他是谁？』三藏道：『莫不是怠慢了你，你干的这个勾当？』行者道：『老孙是这等惫懒之人，干这等不良之事？实实是他家放的。老孙见他心毒，果是不曾与他救火，只是与他略略助些风的。』三藏道：『天那，天那！火起时，只该助水，怎转助风？』行者道：『你可知古人云：「人没伤虎心，虎没伤人意。」他不弄火，我怎肯弄风？』三藏道：『袈裟何在？敢莫是烧坏了也？』行者道：『没事，没事，烧不坏，那放袈裟的方丈无火。』三藏恨道：『我不管你，但是有些儿伤损，我只把那话儿念动念动，你就是死了！』行者慌了道：『师父，莫念！莫念！管寻还你袈裟就是了。等我去拿来走路。』三藏才牵着马，行者挑了担，出了禅堂，径往后方丈去。

却说那些和尚，正悲切间，忽的看见他师徒牵马挑担而来，唬得一个个魂飞魄散道：『冤魂索命来了！』行者喝道：『甚么冤魂索命？快还我袈裟来！』众僧一齐跪倒，叩头道：『爷爷呀！冤有冤家，债有债主。要索命不干我

黑风山怪窃袈裟

须臾间，风狂火盛，把一座观音院，处处通红。你看那众和尚，搬箱抬笼，抢桌端锅，满院里叫苦连天。孙行者护住了后边方丈，辟火罩罩住了前面禅堂，其余前后火光大发，真个是照天红焰辉煌，透壁金光照耀！

们事，都是广谋与老和尚定计害你的，莫问我们讨命。』行者咄的一声道：『我把你这些该死的畜生！那个问你讨甚么命！只拿袈裟来还我走路！』其间有两个胆量大的和尚道：『老爷，你们在禅堂里已烧死了，如今又来讨袈裟，端的还是人，是鬼？』行者笑道：『这伙孽畜！那里有甚么火来？你去前面看看禅堂，再来说话！』众僧们爬起来往前观看，那禅堂外面的门窗槅扇，更不曾燎灼了半分。众人悚惧，才认得三藏是种神僧，行者是尊护法。一齐上前叩头道：『我等有眼无珠，不识真人下界！你的袈裟在后面方丈中老师祖处哩！』三藏行过了三五层败壁破墙，嗟叹不已。只见方丈果然无火，众僧抢入里面，叫道：『公公！唐僧乃是神人，未曾烧死，如今反害了自己家当！趁早拿出袈裟，还他去也。』

原来这老和尚寻不见袈裟，又烧了本寺的房屋，正在万分烦恼焦燥之处，一闻此言，怎敢答应？因寻思无计，进退无方，拽开步，躬着腰，往那墙上着实撞了一头，可怜只撞得脑破血流魂魄散，咽喉气断染红沙！有诗为证。诗曰：

堪叹老衲性愚蒙，枉作人间一寿翁。
欲得袈裟传远世，岂知佛宝不凡同！
但将容易为长久，定是萧条取败功。
广智广谋成甚用？损人利己一场空！

慌得个众僧哭道：『师公已撞杀了，又不见袈裟，怎生是好？』行者道：『想是汝等盗藏起也！都出来，开具花名手本，等老孙逐一查点！』那上下房的院主，将本寺和尚、头陀、幸童、道人尽行开具手本二张，大小人等，共计二百三十名。行者请师父高坐，他却一一从头唱名搜检，都要解放衣襟，分明点过，更无袈裟。又将那各房头搬抢出去的箱笼物件，从头细细寻遍，那里得有踪迹。

三藏心中烦恼，懊恨行者不尽，却坐在上面念动那咒。行者扑的跌倒在地，抱着头，十分难禁，只教『莫念，莫念！管寻还了袈裟！』那众僧见了，一个个战兢兢的，上前跪下劝解，三藏才合口不念。行者一骨鲁跳起来，耳朵里掣出铁棒要打那些和尚，被三藏喝住道：『这猴头！你头痛还不怕，还要无礼？休动手，且莫伤人，再与我审问一问！』众僧们磕头礼拜，哀告三藏道：『老爷饶命！我等委实的不曾看见。这都是那老死鬼的不是。他昨晚看着你的袈裟，只哭到更深时候，看也不曾敢看，思量要图长久，做个传家之宝，设计定策，要烧杀老爷；自火起之候，狂风大作，各人只顾救火，搬抢物件，更不知袈裟去向。』行者大怒，走进方丈屋里，把那触死鬼尸首抬出，选剥了细看，浑身更无那件宝贝。就把个方丈掘地三尺，也无踪影。

行者忖量半晌，问道：『你这里可有甚么妖怪成精么？』院主道：『老爷不问，莫想得知。我这里正东南有座黑风山。黑风洞内有一个黑大王。我这老死鬼常与他讲道。他便是个妖精。别无甚物。』行者道：『那山离此有多远近？』院主道：『只有二十里，那望见山头的就是。』行者笑道：『师父放心，不须讲了，一定是那黑怪偷去无疑。』三藏道：『他那厢离此有二十里，如何就断得是他？』行者道：『你不曾见夜间那火，光腾万里，亮透三天，且休说二十里，就是二百里也照见了！坐定是他见火光焜耀，趁着机会暗暗的来到这里，看见我们袈裟是件宝贝，必然趁哄掳去也。等老孙去寻他一寻。』三藏道：『你去了时，我却何倚？』行者道：『这个放心，暗中自有神灵保护，明中等我叫那些和尚伏侍。』即唤众和尚过来，道：『汝等着几个去埋那老鬼，着几个伏侍我师父，看守我白马！』众僧领诺。行者又道：『汝等莫顺口儿答应，等我去了，你就不来奉承。看师父的，要怡颜悦色；养白马的，要水草调匀；假有一毫儿差了，照依这个样棍，与你们看看！』他掣出棍子，照那火烧的砖墙扑的一下，把那墙打得粉碎，又震倒了有七八层墙。众僧见了个个骨软身麻，跪着磕头滴泪道：『爷爷宽心前去，我等竭力虔心，供奉老爷，决不敢一毫怠慢！』好行者，急纵筋斗云，径上黑风山，寻找这袈裟。正是那：

金禅求正出京畿，仗锡投西涉翠微。
虎豹狼虫行处有，工商士客见时稀。
路逢异国愚僧妒，全仗齐天大圣威。
火发风生禅院废，黑熊夜盗锦襕衣。

毕竟此去不知袈裟有无，吉凶如何，且听下回分解。